5分
シリーズ

5分後に後味の悪いラスト

エブリスタ 編

Hand picked 5 minute short,
Literary gems to move and inspire you

河出書房新社

目次
Contents

［カバーイラスト］ねこ助

エブリスタ × 河出書房新社

［ 5分後に後味の悪いラスト ］

Hand picked 5 minute short,
Literary gems to move and inspire you

暇《ひま》つぶし

モモユキ

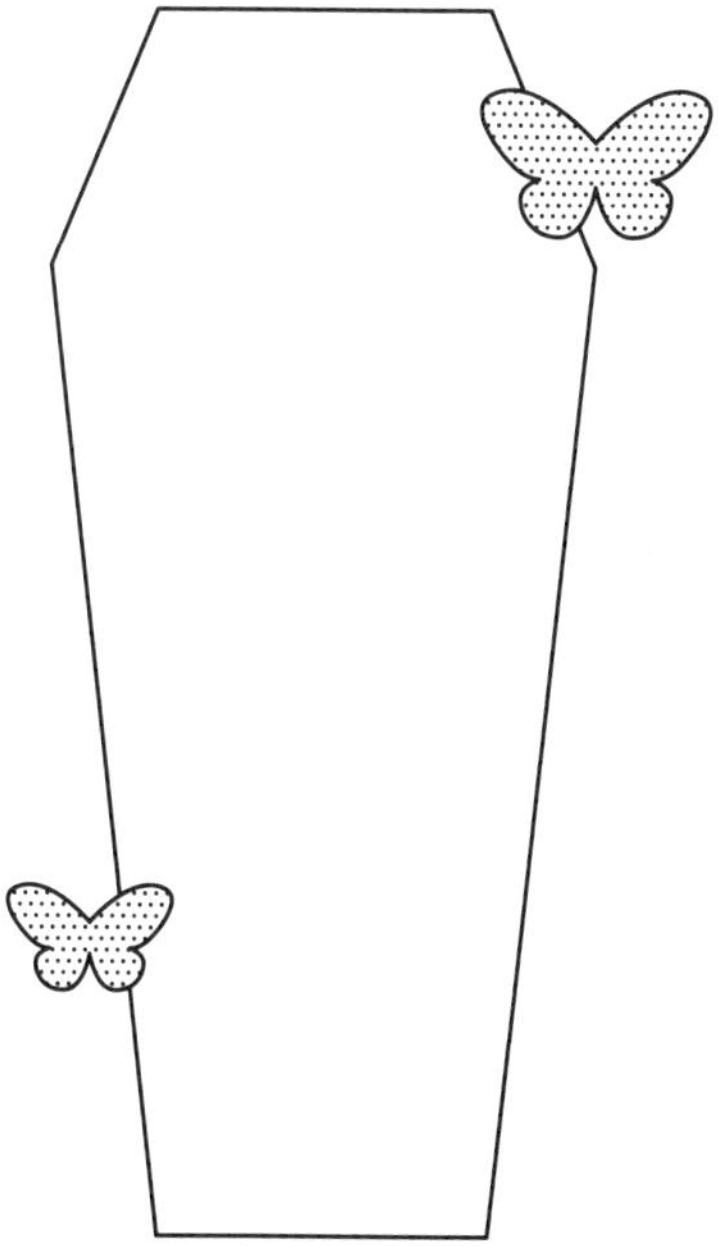

暇だった。

今日は、これといった予定はなかった。

学校が休みの土曜日で、昼前に家をでた。

わたしは大学二年生で、都内の学校に通っている二十歳《はたち》の男だ。

梅雨《つゆ》の晴れ間で、気温は三十度近くあるだろう。もうすぐ、本格的な夏がやって来るんだな、そう思うとわくわくした。

急ぐこともなく歩いて、最寄駅まで来た。

チェーン店のカフェに入って、コーヒーを注文する。ホットを頼《たの》んだ。アイスは、汗《あせ》をかくようになるまで我慢《がまん》することにした。

席に着いて、ミルクも砂糖も入れずに飲む。

携帯《けいたい》電話でだらだらと、イヤホンをして動画を眺《なが》める。

たいして面白く感じない。

外出先で動画を見ても、あまり集中することができない。まわりで人が動いているので、意識が余所《よそ》へ移りがちになる。人がたくさんいる場所は、わたしにとって、動画を見る環境《かんきょう》としてあまり適していなかった。

三十分ほどして、トイレに立った。

戻《もど》ってくると、レジにいってサンドイッチを買った。昼食だった。

ちょうど、そのサンドイッチを食べ終わった頃《ころ》に、テーブルの上に置いてある携帯電話が振動《しんどう》した。

メールの受信だった。

確認すると、送信者の名前は表示されていなかった。

知らないアドレスからのメールだった。アドレスは、パソコンのものだ。

件名はない。

本文を見る。

「助けてください

わたしは監禁《かんきん》されています

わたしの名前は下平《しもひら》いずみです
自宅の住所は
東京都練馬区《ねりまく》春日町《かすがちょう》○○-××○
自宅の電話番号は
03397××××
警察に電話するか
自宅にいる親に電話してください
そうでなければ
あなたが今すぐここに来てください
監禁されている場所は
東京都の
北区《きたく》田端《たばた》○-××
家のなかを移動させられたとき
窓の外に見えた電信柱にそう書いてありました

それ以上はわかりません
一軒家《いっけんや》の二階の部屋にいます
部屋には窓がありません
警察か自宅に電話してください
親も友達も
他人のメールアドレスはおぼえていないので
適当にメールアドレスを打ちました
あなたが東京か
近くにいるなら
直接助けに来てください
ＳＯＳです」

新手のイタズラだろうか。当然、無視することにした。
十分も経たない内に、携帯電話が再び振動した。

見ると、同じアドレスからだった。
本文を開く。

「助けてください
返事をください
これは本当です
本当にわたしは監禁されています
監禁しているのは男です
男は三十代だと思います
わたしの知らない人です
何日か前に
わたしはその男にさらわれました
今すぐ返事をください
そして

今すぐ助けてください」

一体これは、どういったタイプのイタズラなのだろう。

こんなメールが送られてきて、実際にこの送信者を助けにいく人間なんているのか。

百歩譲《ゆず》って、もし、メールに記載《きさい》されている住所に行ったとしたら、そこには何が待ち受けているのだろう。

恐《こわ》いお兄さんだろうか。

暇な若者たちだろうか。

まさか、テレビのどっきり企画《きかく》なんてことだったりして。

「そこまで言うなら、行ってやろうじゃん」

やっぱり行くことにした。

今日は、暇だった。それが理由のすべてだ。

大学二年生の二十歳にとって、暇であるということは、敵だった。
しかしこれだけの情報でほいほいと乗り込《こ》んでいくほど、間抜《まぬ》けではない。
返事を書く。

「メール読みました。
電話番号を教えてください。
そちらへ行くかどうかは、
あなたと話し合ってから決めたいと思います」
送信した。
すぐに返事が来た。

「この部屋に電話はありません
わたしの携帯は取り上げられています
わたしは監禁されているんです

男は外出しています
部屋のドアは開きません
パソコンがあるので起動させました
早く
助けてください
夕方になったら男が帰ってきてしまいます
ＳＯＳです」

うっかりしていたが、彼女は電話はできないのだった。そりゃそうだ。電話ができるのだったら、とっくに自分で警察にでも連絡《れんらく》している。メールで、どこの誰《だれ》だかわからない人間に助けを求めたりする必要もない。わたしは間抜けだった。

いったんメールを閉じると、大学の友達に電話をかけた。

「おう、どうしたんだ」

同じく二年生の河田《かわだ》だ。

「今、何やってる?」

わたしは聞いた。

「え、部屋でテレビ見てたよ」

「暇ってことか?」

「まあね。明日でかける予定があるから、今日は家でのんびりしてる」

OKのようだ。

「今から会えるか」

勢い込んで聞いた。

「今からか? まあ、大丈夫《だいじょうぶ》だけど」

河田が答えた。

「今から会って、何すんだ?」

「いい暇つぶしがあるんだ。いや、実はな、今、変なメールが来て……」

わたしはことの成り行きを説明した。

「いいねえ。面白そうだねえ。おれも行くわ」

河田の高揚《こうよう》した声の調子。ノリ気だ。

「でもさあ……」

河田の口調が変わる。何かを疑っている声だ。

「何？」

「その女の人は、パソコンを使ってるんだよなあ」

河田が聞く。

「そうらしいよ。電話は男に奪《うば》われちゃったみたいだから」

「だったら、ツイッターでよくないか？」

「ツイッター……」

「ツイッターでログインして、知ってる人に助けを求めまくればいいじゃん」

河田が言った。

わたしが言う。

「ツイッター、やってないんじゃない」

「あ、そうか。やってなきゃ、わからないか」

河田はあっさりと納得した。世の中、誰もがツイッターをやっているわけではない。実は、わたしもやっていない。

「どこに集合しようか。下平いずみのいる住所は田端だから、渋谷《しぶや》辺りで待ち合せるか」

わたしが言った。

「よし、お互《たが》い、一時間以内に渋谷に着くだろう。着いたら、連絡くれ」

河田が言って、電話が切れた。

下平いずみにメールをする。

「今から行きます。

友達と二人で行くので、

しばらくの間、待っていてください」

速攻《そっこう》で返信が来る。

「ありがとう
助かります
でも
警察か自宅に
連絡してくれるほうがいいのですが
いずれにしても待ってます
できるだけ早く
お願いします」

わたしはコーヒーを一気に飲み干し、空《から》のカップを持って立ち上がった。

渋谷駅に着いたのは、午後二時をまわった頃だった。
河田は先に到着《とうちゃく》していた。

坊主頭《ぼうず》の下の目が、細い弓月の形になって、笑っている。

「ふざけたメールだよな！」

言葉と違《ちが》って、うれしそうな声の調子で河田は言った。

「イタズラだろ。指定された住所に行ったら、何が現れるんだろうな。何、っていうか、誰、だけど」

わたしが言った。

「まさか、警察に電話したりはしてないだろうなあ？」

河田が聞く。

「するわけないだろ。まず間違いなく、このメールはイタズラだ。そんなもんを信じて、警察に電話なんかしたら、おれがイタズラをしてると疑われるだろ」

わたしは答えた。

「そうだな」

「メールには、下平いずみの自宅の電話番号が書いてあったから、さっき一応電話してみたんだ。ぜんぜん関係ない人の番号だったら、間違えました、って言えばいいしな」

「どうだった?」

河田が聞く。

「誰もでなかった」

下平いずみの自宅へ電話をかけたのは、カフェをでた後だった。

「電話はつながったんだな」

「うん。でも、いつまでも呼び出し音が鳴るだけで、不在なのか、結局誰もでなかった。どうせ、ウソの電話番号なんだろうけどね」

わたしたちはJR山手線外回りに乗った。

田端駅に着くと、下平いずみにメールを送った。

「田端駅に着きました。

今から、住所の場所へ行きます」

間髪容《かんはつい》れずに返事が来る。

「早く来てください
お願いします
あいつが帰って来てしまいます
警察に電話をしてください
わたしの親に電話をしてください
とにかく
早く助けてください
お願いいたします」

田端駅をでると、わたしと河田は、携帯電話で検索《けんさく》しつつ、住所の場所へと歩いた。

『田端○-××』

電信柱に付けられた緑のプレートに、住所が白抜きで書かれている。

「一応、ここだよなあ」

わたしはそう言って、周囲を見まわした。

閑静《かんせい》な住宅街、といった場所だった。

「一軒家っていっても、そこらじゅう一軒家だらけだから、どこの家かわからないぜ」

河田がこまった顔で言った。

誘拐犯《ゆうかいはん》の名前がわからないので、どの家なのか判別できない。

「メールしてみるか」

そう言って、わたしはメールを書いた。


「今、住所の地点に来ています。

下平さんは、どこにいるのですか？

どのような外観の家ですか？

まだ無事でしょうか？」

送信する。

「ちょっとまじめ過ぎたかな。どうせ、イタズラなんだろうし」

わたしが言うと、

「まじめな文章でいいよ。もしかしたら、本当なのかもしれないからな。相当確率は低いけど」

河田が言った。


十分以上かかって、返事が来た。それまでよりも、返信に時間がかかっていた。

「マジか！
引っかかっちゃったみたいだね
お兄ちゃんたち
今見えてるよ

二人してバカ面《づら》下げて
ほんとに来ちゃうもんかねえ?
下心まるだしじゃん!
女の誘いにホイホイ乗っちゃってさあ
誰がおまえらみたいなクソと
仲よくなるってんだよ!
写真撮《と》ってやったよ
ついでに動画もね
流出させちゃおうかなあ?
『スケベ男約二名!』
ってタイトルで
あー
いい暇つぶしになった
センキュー!

今日以降
エロサイトに注目してなさい
『スケベ男約二名！』
写真か動画で
流出させてやるから！」

やっぱりだった。
イタズラだったのだ。
思っていたとおりだったが、最悪な気分だった。
イタズラをした人間の家を探して文句を言ってやろう、などという気はなかった。
そんなことは、面倒《めんどう》過ぎた。
わたしと河田は、その場を去った。

翌日の朝、河田から電話があった。

「今朝のNHKのニュース見たか？」

わたしは、

「ニュース？　見てないよ。今起きたところだから」

とパジャマ姿のままで答えた。

「新聞は？　朝刊あるか？」

焦《あせ》った声で河田がたずねる。

「新聞ならあるよ。それがどうした？」

新聞がどうしたというのだろうか。

「見てみろ。おれんち読売《よみうり》だけど、載《の》ってるぞ！」

河田が叫《さけ》ぶように言った。

何をそんなに興奮しているのだろうか。

電話はそのままにして、わたしは居間から新聞を取ってきた。わたしの家は朝日《あさひ》だった。

「朝日なんだけど」

わたしが言うと、河田は、

「いいから探してみろ。田端で、下平いずみだ！」

そう叫んだ。完全に叫び声になっていた。

尋常《じんじょう》ではない電話の向こうの河田の様子と、下平いずみ、という思いもしなかった名前に、猛烈《もうれつ》に嫌《いや》な予感がした。

「あった……」

わたしはつぶやいた。


『自宅で女性を殺害　無職の男を逮捕《たいほ》　東京』

五日ほど前から自宅に女性を監禁し、昨日午後四時ごろ殺害したとして、警視庁は十二日、無職の山口達治《やまぐちたつじ》容疑者（三六）＝北区田端○＝を殺人の容疑で逮捕した。殺害された女性は、会社員の下平いずみさん（二四）で、刃渡《はわた》り十八センチの包丁で、喉《のど》を切られるなどして殺害された。下平さんの叫び声を聞いた付近の住民が一一〇番通報して警察が駆《か》けつけたところ、下平さんは心肺停止状態で、搬送《はんそう》された病院で死亡が確認された。山口容疑者は、「自分のパソコンを使い、メールのやり取りをしていたのを見つけて、腹が立ってやった。メールは消去したので、相手が誰なのかはわからない」と自供《じきょう》している。昨日、山口容疑者は一人で外出しており、その間に下平さんは、山口容疑者のパソコンでメールを使い、誰かに助けを求めていたようだった。

河田が口を開いた。

「昨日、住所の場所まで行ってメールしただろ。その返事が、おれたちのことをバカにした内容だったよな。あれ、犯人の山口が書いて送ったものだったんだよ。下平いずみのSOSメール自体が、イタズラだったとおれたちに思わせるために。殺されたのは四時頃って書いてあるから、おれたちが帰った後だよな。ていうことは、おれたちが山口の自宅の近くにいたときは、まだ下平いずみは生きていたってことになる……」

あの流出うんぬんのメールは、犯人が書いて送ってよこしたものだったのだ。わたしたちは現場に到着し、下平いずみにメールを送ったが、犯人はその前に、自宅に帰って来てしまっていたということになる。昨日やり取りしたメールはすべて、わたしが今手にしている携帯電話のなかにまだ残っている。

「………」

わたしはしばらく、何も言うことができなかった。

［ 5分後に後味の悪いラスト ］

Hand picked 5 minute short,
Literary gems to move and inspire you

チェシャねこ

凜音☆りおん

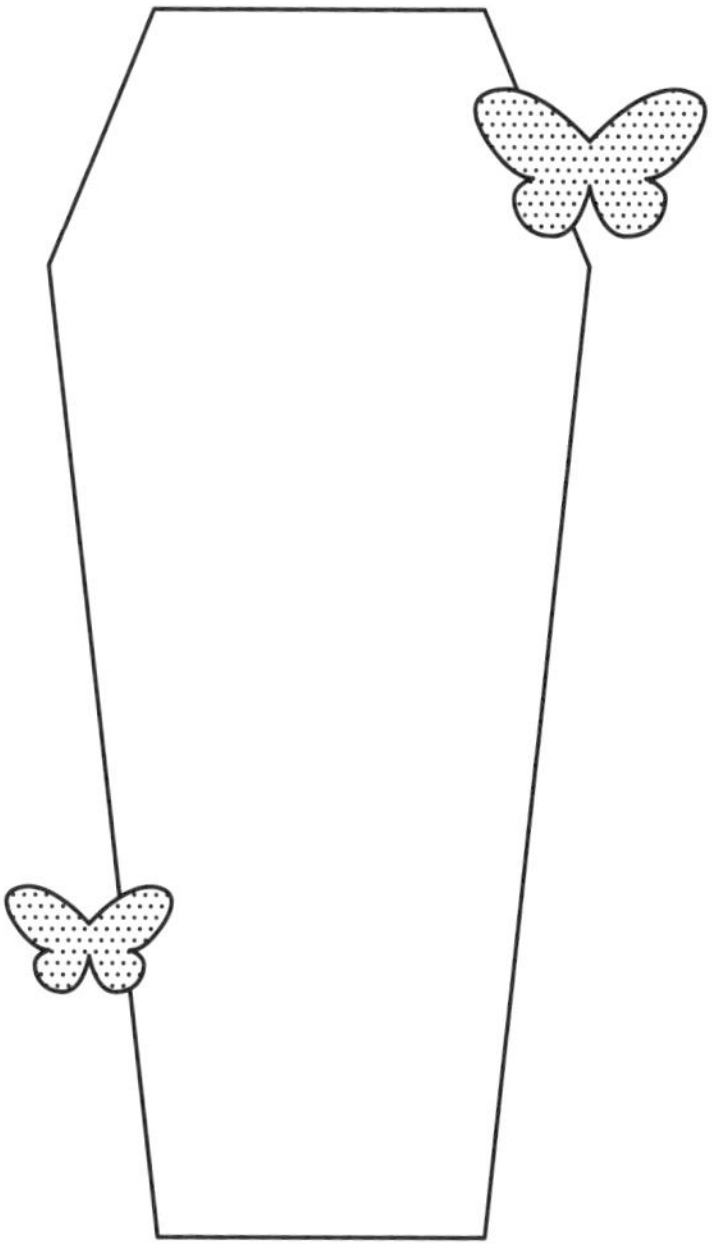

「わあ、この絵、みぃくんが描《か》いたの？　上手《じょうず》ー」

りかこ先生がぼくの絵を見て誉《ほ》めてくれた。

街灯の灯《あか》りが、暗い夜道でもお絵かき帳のページを明るく照らしている。

「うん。うちによく来るねこ。なんかね、わらってるの」

ぼくはお絵かきが上手。お絵かき帳はぼくの宝物だけど、ママとりかこ先生にだけは見せてあげる。

「笑ってるみたいな顔した猫《ねこ》？　あはは、チェシャ猫みたいだね」

先生がぼくにお絵かき帳を返しながらそう言う。

「てしゃねこ？」

「チェ、シャ、ね、こ。『不思議の国のアリス』ってお話に出てくる猫なのよ。いつもこんな風にニヤニヤ笑ってるんだって」

「ニヤニヤじゃないよ、シシシシってわらうんだ」

ぼくがお絵かき帳を受け取って保育園のカバンにしまうと、先生が目を見張って息を呑《の》んだ。

「み、みぃくん、その手首どうしたの。ミミズ腫《ば》れみたいになってる……」

「………」

どうしよう、見られちゃった。

口ごもったぼくを覗《のぞ》き込《こ》んでくる悲しそうな目が、なんだかすごく嫌《いや》だ。

「……今日もお迎《むか》えに来ないから私が送ってるんだよ？　もしかして、お母さんが縛《しば》った？」

ぶんぶんと頭を横に振《ふ》る。

そんな目をしないで、りかこ先生。大好きな先生にはいつも笑っててほしいのに。てしゃねこみたいに、シシシって笑って。

「……うちの保育園でこんなことになるわけないし、みぃくんの親御《おやご》さんってお母さんだけでしょ？」

もう一度頭をぶんぶん。

だってぼくにパパはいる。いっぱい。

一番新しいパパはお兄ちゃんみたいでカッコよかった。ここのところ来なくなったけど。

ちょっと前のパパはおじさん。その前は大きくて怖《こわ》いパパだったし、その前はいつもお酒臭《くさ》いパパでその前は……ええと。

とにかく全部ママが『あんたのパパだから』って言ったから、あの人たちはパパなんだ。

「ねえ、正直に話して。お母さんはみぃくんに優しい？　その……叩《たた》いたりとかしない？」

「しない。ママのこと、好き」

眉《まゆ》をひそめて、りかこ先生が口をつぐむ。

「先生あのね、きのうね、輪ゴムで遊んだの。いくつ手に巻けるかやってみて、痛くなったから取ったの。そしたらあとがついただけ。ほんとだよ」

「……もういいよみぃくん。今度ちゃんとお母さんとお話しする。園長先生にも立ち会ってもらって……」

もういいよって言われてぼくはホッとした。

ママが誰《だれ》にも言うなって言うから。ごめんね、りかこ先生。

「このアパートの一階だよね、みぃくんのお家《うち》。お母さんいるといいけど。でも電話にも出なかったし……」

「ぼく、カギ持ってるもん」

先に走っていってぼくは玄関《げんかん》の鍵《かぎ》を開けた。その後ろから先生が、真っ暗なお家の中を覗き込む。

「失礼しますー。さくらもも保育園の白井《しらい》です。みくとくんのお母さん、いらっしゃいますかー?」

そう先生が中に声をかけたけど、返事はなし。

「……いないみたいね、電気もついてないし。みぃくん一人で大丈夫《だいじょうぶ》?」

「うん！　せんせー、さよーなら」

名残惜《お》しそうな先生を外に押《お》し出して、ぼくは玄関のドアを閉めた。そして背伸《の》びして台所の電気のスイッチを押す。

パッとついた台所の灯りが、奥《おく》の部屋まで薄《うす》ぼんやりと明るくする。

ママはいた。

ひらひらした薄い下着姿のまま、畳《たたみ》の上で眠《ねむ》っている。ちゃぶ台の上にはお酒の瓶《びん》とコップ、散らばったよくわからないお薬。

一番新しいパパが来なくなってからママはずっとこんな感じだ。

りかこ先生は知らないけど、ママのお仕事は夜。それもずっと行ってないみたい。

ぼくといる時間は増えたけど、ママはぼくを見ない。それでも、前はよくピアノを弾《ひ》いて聞かせてくれた。だからママのこと、やっぱり大好き。

するとふいに、薄暗い部屋のピアノの上に……てしゃねこが現れた。

いつものように目を三日月にしたような笑った顔で、顔だけが宙に浮《う》いている。

こうしててしゃねこがお家に来るようになってから、ぼくはあんまり悲しくなくなった。

お家にいる時、ぼくはいつも台所のテーブルに手首を繋《つな》がれる。でもそれも別に嫌じゃなくなった。

おとなしくそこで絵を描いたりしてれば痛くもならないし、ママも怒らない。てしゃねこみたいに目を三日月にすると悲しくないんだ。

その時、寝《ね》ているママが苦し気に唸《うな》った。見ると、眉間《みけん》にシワを寄せて寝言を言っている。

「ママかわいそう。笑えばいいのに……」

傍《そば》のピアノの上には、目を三日月にして口を耳まで伸ばして笑うてしゃねこの顔。

『シシシシシ』

イイコトを思い付いた。

ぼくは台所へ行って戸棚《とだな》の引き出しからプラスチックの細い紐《ひも》を四つ取り出す。

これは結束《けっそく》バンド。紐の片方にある穴にもう片方の先っちょを通してギュッと締《し》めると、もう絶対緩《ゆる》まない。

前の前の前のパパが持ってきて以来、ぼくはコレでテーブルに繋がれるようになった。

同じようにママの両手首を左右のピアノの脚《あし》に、両足も近くの鏡台とクローゼットの脚に繋ぐ。穴に通した時のチキチキと響《ひび》く音が楽しかった。

ピアノの上からてしゃねこの顔が笑いかける。まるで『それでいいよ』と言ってるみたいに。

大の字になってまだ眠っているママ。下着の肩紐《かた》がずり落ちておっぱいが出ている。

ママのおっぱいに触《さわ》ってみると、柔《やわ》らかくてすべすべしてててすごく嬉《うれ》しい気持ちになった。ほっぺたでスリスリしたらもっと幸せな気持ち。

パパたちがママのおっぱいを赤ちゃんみたいに吸ってるのを見ると、すごくスゴクスゴク嫌な気持ちになったのに。

「やめてよ……ガキが」

頭の上にママの声が落ちた。途端《とたん》にジタバタと起き上がろうとしたみたいだけど。

「ムダだよママ。ピアノは重いし、鏡台もクローゼットも何番目かのパパが転倒《てんとう》防止とか言って壁《かべ》に固定したじゃん」

「ちょ……コレあんたがやったの？　つか五歳《さい》のくせにナニその喋《しゃべ》り方……気持ち悪……っ！」

ホントだね。なんでぼく、こんなに頭と心が冴《さ》えてるんだろう。

ピアノの上で、てしゃねこが笑う。

ねえ君は、ナニモノなの……？

ぼくが台所から包丁を持って来ると、ママが掠《かす》れた悲鳴をあげた。

「な……なにすんの……、ちょっとミクトォォ！」

まん丸くなったママの目。これじゃないんだ、幸せのカタチは。

「チェシャ猫と同じ……三日月」

――アパートの部屋に、ママの嬉しそうな叫《さけ》びが長く響いた。

「笑ってママ、チェシャ猫みたいに。そうするとね、哀《かな》しくなくなるの」

サクサクと両方、三日月のカタチに切ってあげた。ほら、なんだか楽しそうな顔。

「た……たす、けて。誰か……」

「誰もこないよ。今までぼくが何回叫んでも、誰も来てくれなかったもん」

お口も耳まで、三日月に。サクサクサクサク。

『シシシ。シシシシシ……』

チェシャ猫が笑うからぼくも笑った。

動かなくなった大好きなママも笑ってる。ぼくたちみんな、同じ顔。

笑いながらチェシャ猫はまたスウッとどこかに消えちゃった。

「……りかこ先生、保育園についたかな。電話してここに呼ぼうっと」

次は大好きなりかこ先生。先生も笑わせてあげる。

『シシシシシシシ死シシシ……』

[5分後に後味の悪いラスト]

Hand picked 5 minute short,
Literary gems to move and inspire you

カズちゃん

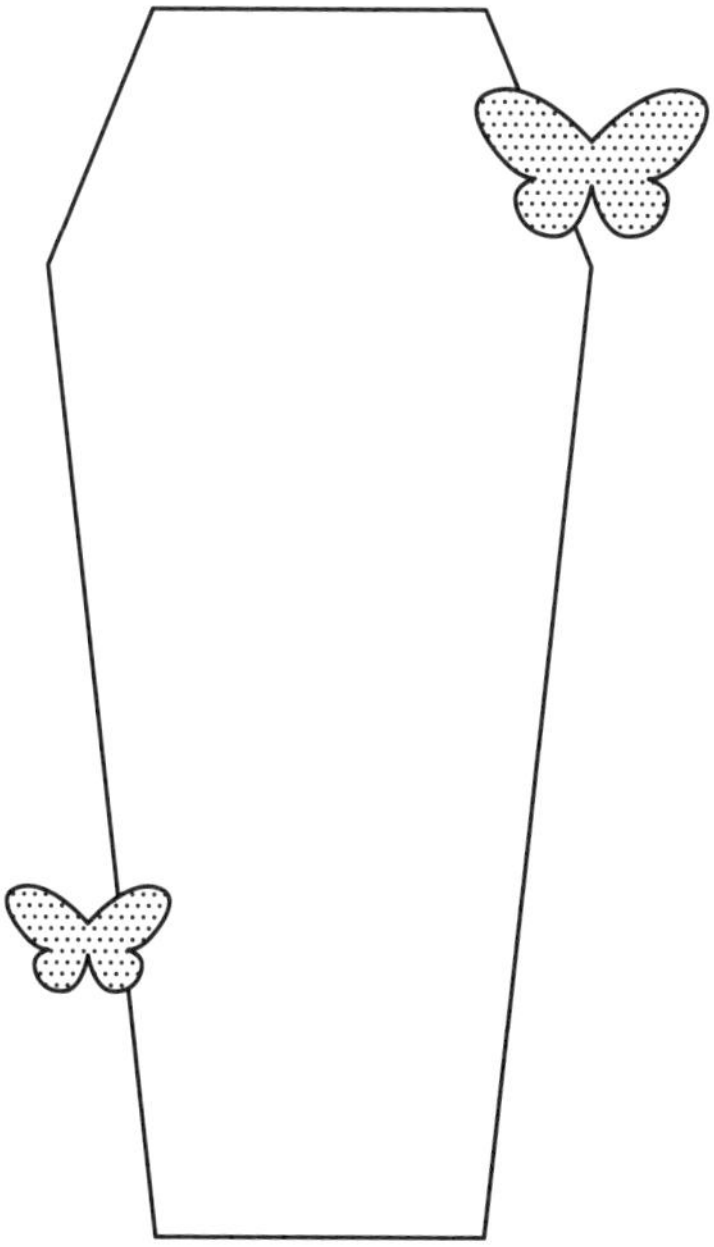

相沢泉見

「ほらお義母《かあ》さん、おかゆですよ」

良枝《よしえ》はなるべく優しい声でそう言いながら、年老いてすっかり歯の抜《ぬ》け落ちてしまった義母の口に匙《さじ》を差し出した。

「いやー、あー!」

義母のマサは子供のような奇声《きせい》を上げて、差し出された匙を弾《はじ》き飛ばした。良枝の顔に、べちゃり、とおかゆが飛んでくる。

「いやだああー!」

尚《なお》もおかゆを食べさせようとする良枝から逃《に》げるように、マサは和室の隅《すみ》で蹲《うずくま》った。その胸にはボロボロのセルロイドの人形がしっかり抱《だ》き締《し》められている。

「カズちゃーん。カズちゃーん。たすけてー」

マサはガラガラのしわがれ声で泣き叫《さけ》びながら薄汚《うすよご》れた人形をひしと抱き締めた。

良枝は無言で顔についたどろどろのおかゆを拭《ぬぐ》うと、溜息《ためいき》を吐《つ》きながらお盆《ぼん》を持って立ち上がった。

「お義母さん、あんまりです。そのおんぼろ人形と一緒《いっしょ》にいたければご勝手に。今日はもう、ごはん抜きですよ」

マサは良枝の夫・一雄《かずお》の母親である。

義母の認知症《にんちしょう》は七年前に義父が亡くなってから始まった。最初のうちは別居で、週に何度か様子を見に行くだけだったが、あっという間に症状《しょうじょう》は進んだ。今では良枝たちの家に引き取って始終介護《かいご》をしなければならない状態になっている。幼児退行というのだろうか。もはや分別のある行動は一切取れない有様だ。

一雄と良枝は夫婦とはいえ、法的に介護の義務があるのは実子である一雄だけだ。しかし当の一雄には仕事がある。昼間は全く面倒《めんどう》を見られないし、夜は仕事疲《づか》れと言って一人早々に寝《ね》てしまう。夫婦には息子と娘《むすめ》が一人ずついるが、二人とも既《すで》に成人し、家を出て暮らしている。従って、マサの介護は実質良枝一人の肩《かた》に重くのしかかっていた。

「あらあなた、いたの」

良枝がお盆を持って和室からリビングに戻《もど》ってくると、そこに夫の一雄がいた。今は日曜の昼時。休日のこの時間に一雄が家にいるのは珍《めずら》しい。最近は会社が休みの日でも一雄は家を空けるのだ。接待ゴルフだなんだと理由をつけているが、母の介護をしたくなくて逃げているというのが見え見えである。

「いたのなら、少しは介護を手伝ってくださいな。あなたの母親でしょう」

良枝はお盆を流しに叩《たた》きつけながら、嫌味《いやみ》をたっぷり込《こ》めて言った。すると一雄はわざとらしく新聞で顔を隠《かく》しながらごにょごにょと口を開く。

「男の俺より、女のお前の方が母さんにとっていいだろう。下《しも》の世話なんかもあるんだし……」

「いいえ。実の息子の方がいいに決まってます。それにお義母さんはいつもあなたの事を呼んでますよ。『カズちゃーん』って。さっきもそうでした。聞こえたでしょう?」

するとー雄は困ったような顔をして首を振《ふ》った。

「あれは多分、別の人のことだ」

「何を言っているの。あなたのことよ。あなたの名前は『カズオ』でしょ」

「そうだけど……俺、母さんから『カズちゃん』なんて呼ばれたこと、昔から一度もなかったし……」

「またそうやって誤魔化《ごまか》して。私一人でお義母さんの介護をするの大変なんですよ！」

ソファーにふんぞり返って新聞を読む一雄に、良枝は思わずにじり寄った。一雄は首をぶんぶんと振って叫んだ。

「ああ、もう煩《うるさ》い！　休日くらい休ませてくれ。それに母さんのことはちゃんと考えてる」

投げやりな言葉だった。一雄は話し合おうとするといつもこんな風になおざりな態度を取る。しかし今日という今日は良枝も怯《ひる》まない。

「この間もそう言ってましたよ。ちゃんと考えてるって。それからもう何か月たちました？　私はもう限界です」

「お前は専業主婦で毎日家にいるのだから、介護はお前の仕事だろう」

「……何ですって？」

良枝の心に、燃え上がるような怒《いか》りが湧《わ》いた。

（私は休日なんてないのよ。寝ていても途中《とちゅう》でお義母さんのトイレで起きなきゃいけないし、毎日睡眠《すいみん》不足なの。それなのにこの人は……！）

良枝は一度大きく深呼吸をした。だが意に反して心は乱れ、脳の中は怒りで満たされていくばかりだ。

丁度その時、目の端《はし》に大きなガラスの灰皿が映った。

ずっしりと重くて存在感のある物体に、良枝の手がするすると伸《の》びていく。手にしてみると、ガラス素材のそれは光を受けてキラキラと輝《かがや》き、とても綺麗《きれい》だった。

こんなに綺麗な物が、我が家にはまだあったのだ……。

良枝の視線の先に、自分から顔を背《そむ》けるように新聞に目を落とす一雄の頭があった。気が付くと、良枝はキラキラした凶器《きょうき》をそこに思い切り振り下ろしていた。

一撃《いちげき》で、一雄は前のめりに倒れた。

それでも良枝はその頭に灰皿を叩き込み続けた。ゴキッ、ゴキッという音だけがリビングに響《ひび》き渡《わた》る。

やがて良枝が我に返った時、辺りは血の海になっていた。

良枝は血まみれの灰皿と足元に倒れた一雄を交互《こうご》に見て、自分のしでかしてしまったことに気が付いた。

（どうしよう。夫を殺してしまった。このままでは殺人犯として捕《つか》まってしまう！）

良枝は慌《あわ》ててがくがくと一雄の身体を揺《ゆ》さぶった。しかしそれで死人が生き返るわけでもなく、床《ゆか》にはさらに血液が広がっていく。

混乱の中で、良枝の脳は必死に回転を始めた。

（そうだ。死体をどこかに捨ててきてしまえばいいんだ。そして夫は行方不明になったと言っておけばいい。そうすれば捕まらなくて済む！）

隣《となり》の県との境に、ゴミがたくさん不法投棄《とうき》されている小さな山がある。車で死体をそこまで運んで捨てれば当分の間見つからないだろう。死体がなければ殺人行為《こうい》を隠し通せる。

（今日のことは、墓場まで持っていく秘密にしよう！）

良枝はそう思い立つと、早速夫の死体を移動させようと手を掛《か》けた。

しかしそれは思った以上に重く、少し引きずるのが精いっぱいだった。家の中だけなら引きずって移動すればいいが、外のガレージにある車まではとても運べそうにない。

（どうしよう。どうしよう……。そうだ、一気に運べないならバラバラに解体して少しずつ運べばいいんだわ）

良枝は一雄の死体をずりずり引きずって、風呂《ふろ》場まで運んだ。頭の傷から流れた血で廊下《ろうか》が汚れてしまったが、後で拭けばいいだろうとひとまず放置する。

何とか風呂場の洗い場に死体を押《お》し込めると、良枝は庭の物置からありったけの刃物《はもの》を持ってきた。ノコギリ、ナタ、大きな剪定《せんてい》ばさみ。これらは一雄が庭木の手入れに使っていたものだ。その中からノコギリを選んで、良枝は死体を見下ろした。

どこから切り離《はな》そうか考え、まずは頭だ、と決める。

躊躇《ためら》ったのは最初の一太刀《ひとたち》だけだった。後はもう、必死でノコギリを引いた。なかなか斬《き》り進められなかったが、最後は胴体《どうたい》に足を掛けて汗《あせ》だくで腕《うで》を動かした。

ごろり……。


最後の皮一枚を切り離すと、一雄の首が洗い場に転がった。

（よし。この調子で手足も切り離せば、楽に運べるわ）

良枝は額の汗を拭って一息つく。その時、背後に誰《だれ》かの視線を感じた。

「カズちゃん……」


振り返ると、そこに義母・マサの姿があった。マサは転がった首と良枝の顔をきょろきょろと見て、無邪気《むじゃき》な顔で言った。

「ねえ。カズちゃんの首とれたー！」


あの後、良枝はマサを何とか宥《なだ》めて和室へ戻し、その後再び一雄の解体を進めて、その日のうちに山へ捨ててきた。血で汚れた家の中は綺麗に掃除《そうじ》した。

数日経つと、一雄の勤めている会社から「旦那《だんな》さんが出社していない」と連絡《れんらく》を受けたが、「知らない」と答えた。そのままでは怪《あや》しまれると思い、悲愴《ひそう》な顔で警察へ赴《おもむ》き、一雄の行方不明者届を出した。だが失踪《しっそう》したのが大の大人であるせいか、たいした捜査《そうさ》はしないようである。

ひとまず良枝が疑われることはないだろう。しばらくは安心だ。しかし問題は……。

「カズちゃんの首とれたの。なおして。なおして」

義母のマサはあの日以来、ずっとこんなことを言って良枝にまとわりついてくる。

一雄の死を理解している様子はなさそうだが、こんな物騒《ぶっそう》な言葉をご近所に聞かれでもしたら大変だ。

あの日のことは、墓場まで持っていく秘密なのだから。

「カズちゃんの首とれちゃったの。ねえ、カズちゃんの首がとれたの！」

「お義母さん、静かにしてください。おねがい。黙《だま》って」

「いやー！　首。カズちゃんの首なおしてー」

「うるさいわね！　首は直らないのよ！」

「なおしてー。カズちゃんの首、なおしてよ、おかあさん！」

「私はあなたのお母さんじゃない!!」

我慢《がまん》の限界だった良枝は、とうとうまとわりつくマサを振り払《はら》って怒鳴っていた。

（何で私がこんなわがままを聞かなければならないの。そもそも夫を殺してしまったのはみんなこの義母が呆《ぼ》けたせいだ。私は悪くない。悪くない！　悪くない悪くない悪くない……！）

良枝はリビングの隅で埃《ほこり》をかぶっていた花瓶《かびん》を手に取った。そしてそれをマサに向かって振り下ろした。

ガツンという手応《てごた》えのあと、マサの身体が崩《くず》れ落ちるように倒れる。

すると、花瓶を握《にぎ》りしめて息を吐いている良枝の足元に、ころころと何かが転がってきた。

「カズちゃん……首、とれた」

それは薄汚れたセルロイド人形の首だった。胴体の方は倒れたマサがしっかりと抱き締めている。

「カズちゃん……首、とれちゃったの……なおし……て……」

マサはそう呻《うめ》くと、パタリとこと切れた。そして二度と動かなくなった。

良枝は慌てて、マサが抱き締めているものを死体から引っ張り出した。胴体だけになったその人形の胸のところに、白い布で作った名札が貼《は》り付けられている。

――カズコ。

名札にはそう書いてあった。

カズちゃんとは人形の名前だったのだ。マサは一雄のことではなく、この人形の首を直してと言っていたのだ。

殺さなくてもいい人を殺してしまった。その事実に呆然《ぼうぜん》と立ち尽《つ》くしていると、突然《とつぜん》『ピンポーン』という場違《ばちが》いに明るい機械音が響き渡った。

良枝はびっくりしてその場に硬直《こうちょく》する。そのまま動けずにいると、玄関《げんかん》の方で元気な女性の声がした。

「こんにちはー。介護サービスにまいりましたー。旦那様から頼《たの》まれて、本日より訪問介護をさせていただきます。すいませーん、どなたかいらっしゃいますかぁ?」

（介護サービス？　何よそれ、聞いてないわ……！）

良枝は息を呑《の》んだ。それと同時に、一雄と最後に言い争った日のことを思い出した。

『――ちゃんと考えてる』

一雄は本当に、ちゃんと介護のことを考えていたのだ。ちゃんと行動に移していたのだ。話を聞かないまま、殺してしまった……。

蒼《あお》ざめる良枝の耳に、明朗な若い声が届いてきた。

「どなたかいらっしゃいますかー。あ、鍵《かぎ》が開いてるわ。入りますよぉー」

ガチャリとドアを開く音に続いて、廊下を歩く音が聞こえてくる。

ぎしっぎしっ……。

訪問者があと少し歩けば、このリビングに辿《たど》り着く。そこで彼女は、血まみれで死んでいるマサと、立ち尽くす良枝と、そして首のとれた人形を目にするだろう。

ぎしぎし。

ぎしっぎしっ。
ぎしっ……。

［ 5分後に後味の悪いラスト ］

Hand picked 5 minute short,
Literary gems to move and inspire you

地《じ》獄《ごく》の階段

りんごあめ

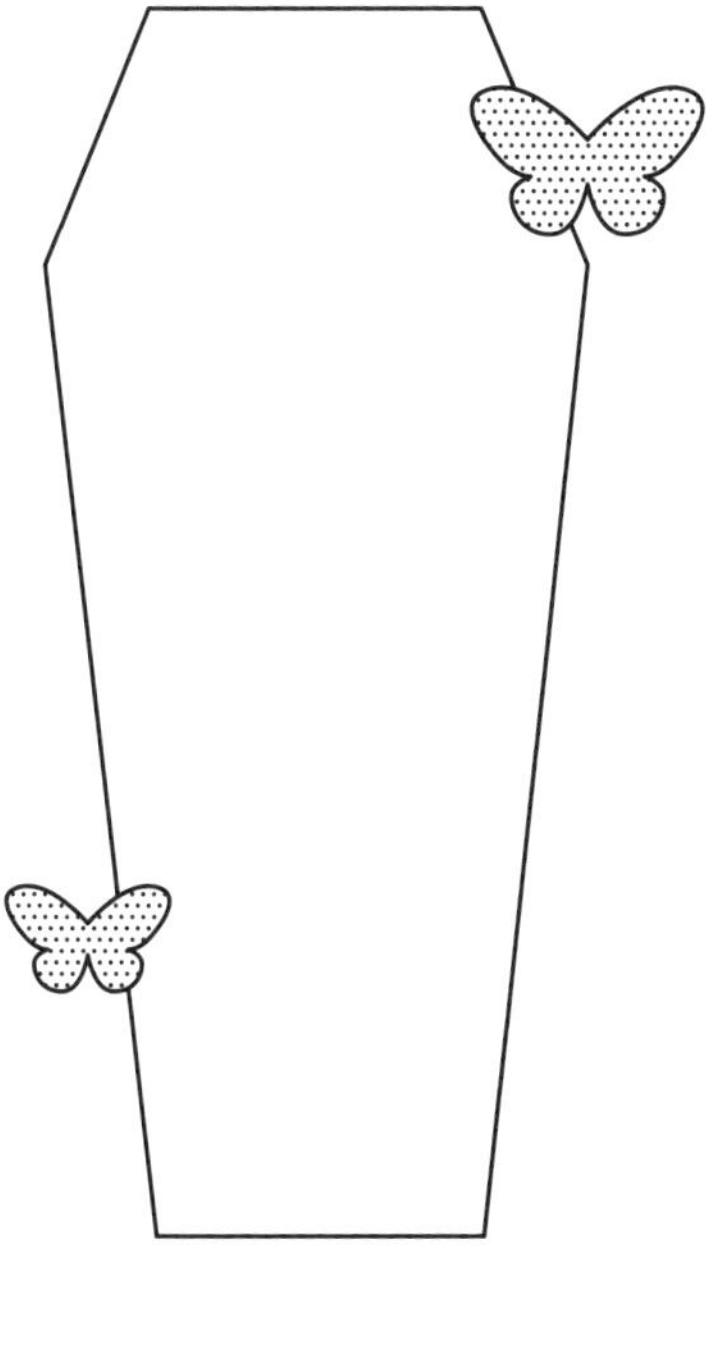

「そうそう！　この間さー
ハゲチビがうちのクラスの子と歩いてるの見ちゃったんだよねー」

登校途中《とちゅう》、ちーは笑いながらその話を持ちだした。

ハゲチビは全校生徒から嫌《きら》われてる先生だから、誰《だれ》も一緒《いっしょ》にいたいと思わないはずだ。

「え？　誰？　誰？　教えてよー」

みーは、ちーの腕《うで》を掴《つか》んで揺《ゆ》らしながら頼《たの》んだ。

「なーも聞きたい？」

ちーはいきなり私に話を振《ふ》ってきた。

「うん！　もちろん！　一体誰なの？　教えてよー」

私は前のめりでちーの顔を覗《のぞ》く。

「しゃーないなー
実はハゲチビと歩いてたのって花澄《カスミ》だったのー」

やっぱり思ってた通りだ。
まぁ、当たり前だよね。
今は花澄ちゃんがターゲットなんだから。
「えー！　うそ！　信じられなーい!!　あの真面目《まじめ》な花澄が！」
笑いながら驚《おどろ》きの演技をする、みー。
みーだって分かってたくせに。
演技しちゃってさー
まぁ、私もしてるけど。
「えー！　あのハゲチビと歩けるなんてあり得ない。
花澄ってそういう子だったんだー」
私も二人にあわせて言う。
何かこうゆうのウンザリ。

ちーとみーと私は、仲良し三人組。

ちーは千弦《チヅル》だから、ちー。
金髪の長いくるくるヘアーに青いカラコンがよく似合う、ちーは女子の憧《あこが》れの的。
みーは美結《ミユ》だから、みー。
濃《こ》い茶髪のボブの横からチラチラ見える星のイヤリングと男子を魅了《みりょう》する笑顔。
まぁ、短く言えば男を振り回す女。
そんな二人と仲良くなった私は、高校に入る時に髪《かみ》をクリーム色に変えた。
中学の時は黒髪で地味だった。
少しいじめられてたし。
でも、花澄は友達でいてくれた。
いつも隣《となり》には花澄がいた。
だけど、今じゃそんな花澄をいじめてる一人。
まぁ、しょうがないよね。
高校で変わらなかったあんたが悪いんだから。

まぁ、毎日のようにいじめに加担してた。
そんなある日。
花澄が私に話しかけてきた。
花澄から話しかけてくるなんて高校の入学式以来だ。
「ナナちゃん、放課後話したいことがあるから屋上に来てほしいの」
顔を下向けながら花澄は言った。
なんかそんな弱々しい花澄にイライラした。
「いじめられっ子が私に話しかけてくんな！
そんなの誰が行くか！」
そう言って私はその場から去った。
放課後行く気なんてなかった。
どうせいじめやめてとか友達だったのにーとか言われるのがオチだろう。
私は花澄ともう関わりたくなかった。

でも、その日の放課後。

ちーとみーと三人で帰っていた時に、メイクポーチを教室に忘れてしまったことに気づいた。

「ごめん！　私メイクポーチ机に忘れてきちゃったみたい。先行ってて」

私は手を合わせてごめんポーズをした。

「あいよ。全くドジなんだからー」

じゃあ、いつもの店で待ってるからねー」

ちーは笑顔で私を見送ってくれた。

教室に戻《もど》ると、夕日が差し込《こ》んでいて誰もいない机の影《かげ》が大きく重なっていた。

私の机の中を急いでまさぐるとメイクポーチが出てきた。

不意に外を見ると、屋上に人が立っているのが見えた。

しかもただ立っているわけではなく、身を乗り出しているのだ。

自然に私の体は動いていた。

気づいた時には屋上に着いていた。


そこには屋上から身を乗り出す花澄がいた。

「あんた、何してんの？」

不安定な息のまま私は言った。

「え？　屋上からの眺《なが》めを見てるの」

平然と花澄は言う。

「そんな端《はし》っこにいなくても見えるだろうが！」

そう言って私は花澄の手を摑んだ。

花澄の手を触《さわ》るのは中学校以来だ。

「私のこと、入学式無視したでしょ？

私と約束したのに。
高校も友達でいよって。
覚えてないの？」
花澄は私の方に振り向いた。
目には少し涙《なみだ》を浮《う》かべていた。

忘れてたわけじゃない。
ただ何となく仲良くしておかなければならない人と仲良くしてただけ。
高校で髪色変えて、でもいじめられましたなんて笑えない。
黒髪で地味でいじめられっ子の自分になりたくなかった。
そんな奴《やつ》になるくらいなら、いじめっ子になる方がマシだ。
「覚えてるわけないじゃん。
そんな約束まだ覚えてたの？
マジ笑える」

笑顔で私はそう言って花澄の手を離《はな》した。
その瞬間《しゅんかん》、花澄は目を閉じて私の視界から消えた。
私は下をのぞいた。
そこには、屋上から下へ落ちた花澄とこっちを見上げてる人々がいた。
その見上げてる人の中に、ちーとみーがいた。
これが全てのはじまりだった。

［ 5分後に後味の悪いラスト ］

Hand picked 5 minute short,
Literary gems to move and inspire you

帰《き》還《かん》

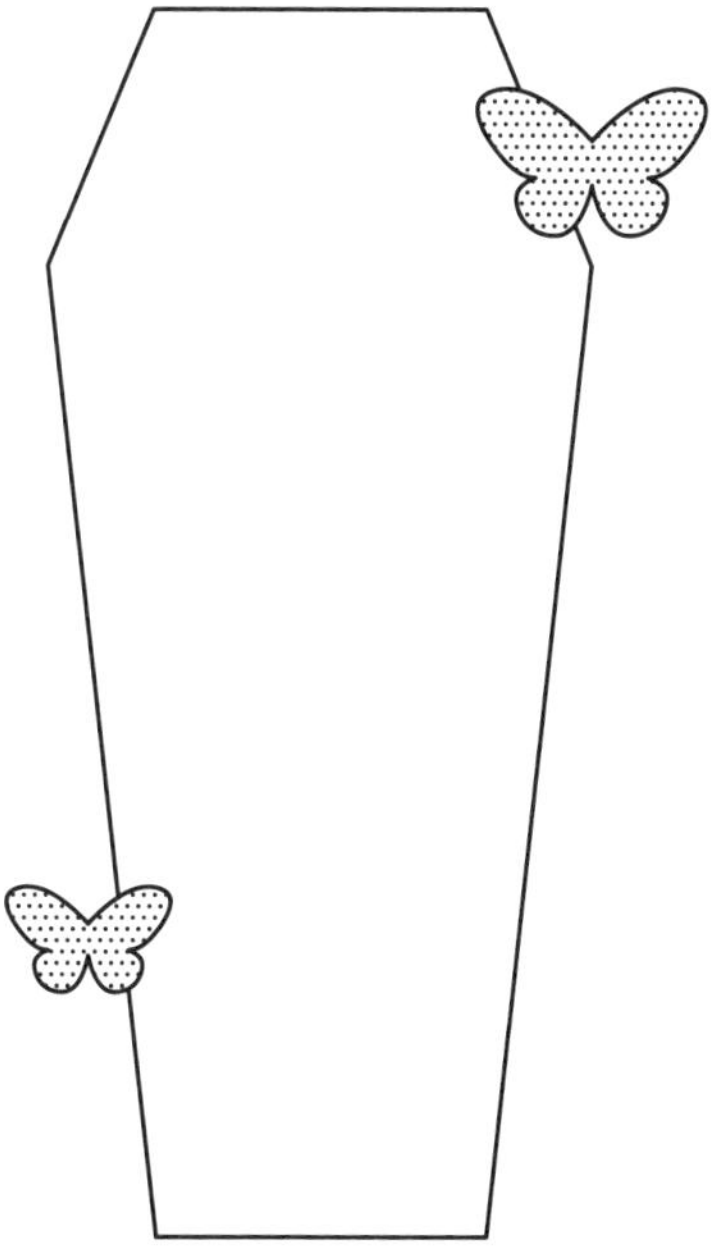

アンマンマン

プロローグ

「（帰って来た…………。

やっと、やっと…………帰って来た。

私の下から旅立って行った者達が、帰って来た。

待ち望んでいた者達が。

この時を私はどれほどの年月、待ち望んでいたのか…………。

数千数万、否、もっとだ。

もっと、もっとだ。

数百万数千万年、待っていた。

彼らが、やっと帰って来た。

ああ…………、懐《なつ》かしい、懐かしい、彼らが帰って来た。

迎え入れる準備を…………。

そうだ！
歓迎《かんげい》の準備をしよう。
歓迎の準備を整えよう。
迎え入れ、歓迎する準備を整えなくては。
やっと私の下に帰って来た者達を、迎え入れる準備を。
そうだ、そうだ。
整えよう、整えよう。
準備しよう、準備しよう。
歓迎する準備を整えよう）」

最終便

「（ずっと待ってるから）」

「え？　おい、今なんか言ったか？」

私は隣《となり》の席で出発準備を整えている副パイロットに、声をかけた。

彼も何かを耳にしたようで、周りを見渡《みわた》している。

「いえ、言ってません。機長も聞こえたのですか？」

「ああ。まさか、残っているのではないだろうな？」

「そんなことはないと思いますが、母艦《ぼかん》に確認しましょうか？」

「そうだな、念の為《ため》、もう一度確認してくれ」


私が機長を務めるこのシャトルは、この見捨てられる星から飛び立つ最後の便だ。

二十三世紀の前後からこの星は、人類にとって住み続けることが困難な星になる。

温暖化が進み海面が上昇《じょうしょう》。

核廃棄物《かくはいきぶつ》による土壌《どじょう》や海水の汚染《おせん》。

森林の伐採《ばっさい》が進み、安全に呼吸できる空気の減少。

人類は太陽系の他の星に活路を見出《みいだ》そうとするが、それらの星は人類の生存に適さない物ばかりであった。

二十五世紀の半ば、この星の衛星に建造されていた天体望遠鏡が、人類が生存可能と思われる惑星《わくせい》を二十以上抱《かか》えた恒星《こうせい》を、太陽系から銀河を挟《はさ》んで反対側の端《はし》に発見する。

発見された恒星は、二十五世紀の人類が用いる全ての技術を使い、観察され調べられた。

二十六世紀の終わり頃《ごろ》、恒星間ワープ理論が提唱される。

二十八世紀初頭、提唱されていたワープ理論が実現され、偵察《ていさつ》有人宇宙船が建造された。

建造された偵察有人宇宙船は人類の願いを一身に受け、銀河の反対側の端に発見されていた恒星に向けて飛ばされる。

帰還した宇宙船がもたらした情報は、人類を狂喜《きょうき》させる物であった。

二十以上ある惑星の全てが冷暖の差はあるものの、人類が生存するのに適している。

それだけでなく、惑星の全てが三畳紀《さんじょうき》初期の生物相に似た環境《かんきょう》で、危険な生物は存在したが知的生物の痕跡《こんせき》は見あたらなかった。


人類はこの恒星の全ての惑星に、移住することを選択《せんたく》する。

しかし障害があった。

恒星間ワープは訓練された人間でさえ、体力を大量に消耗《しょうもう》し、脳に著しい負担を背負わせることである。

だが惑星開発には大量の労働力を必要とした。

政府や科学者達が考え出した方法は、訓練されていない人類を冷凍睡眠《れいとうすいみん》させ、荷物として送り出すやり方である。

こうして開発にかかる膨大《ぼうだい》な予算には目を瞑《つぶ》り、人類の総力を挙げた惑星開発が進められた。

そして今、人類の生存に適さないこの太陽系に存在する人間は、惑星周回軌道《きどう》を回っている母艦の乗員十数人以外は、私と副パイロットの二人だけの筈《はず》なのである。

母艦からの回答は予想通りの物であった。

「あり得ない。考えてもみろ、空気も水も大地も汚染しつくされた所で、人間が生きて行ける訳がないだろう。馬鹿《ばか》なことを言ってないでサッサッと戻《もど》って来い」

「了解《りょうかい》」

私は母艦に返事をし、副パイロットと顔を見合わせ互《たが》いに肩《かた》をすくめると、シャトルを上昇させる。

シャトルはこの星の引力圏《けん》を脱出《だっしゅつ》。

母艦とのランデブーのタイミングを計り、しばしの間待機。

シャトルから見下ろす星は、最初に宇宙に出た宇宙飛行士の残した言葉、「地球は青かった」という言葉に相応《ふさわ》しくない、薄汚《うすよご》れ赤茶けた光景を私達に見せていた。

私は私物のカメラを取り出し、赤茶けた星の風景をカメラに収める。

探査

「みんなは?」

「マスター以外の乗員は皆休《みんな》んでいます。マスターもお休みになられては?」

「構わないでくれ」

「申し訳ありませんマスター」

俺はコンピューターとの会話を打ち切り、探査船制御《せいぎょ》室の中央モニターに映し出されている、恒星を眺《なが》めていた。

俺と仲間達は、人類の手がついていない惑星を探し出し、惑星開発業者に情報を売る商売を生業《なりわい》にしている。

人類が故郷の星に見切りをつけ、今現在、人類政府の首都になっている恒星の二十以上ある惑星に移住してから、約三千万年経過していた。

最初の数千年で二十以上ある惑星の開発を終えた人類は、このことで自信をつけ、恒星間ワープ船を使い、近隣恒星の開発という名目の侵略《しんりゃく》を開始する。

発見した惑星に知的生物が存在していた場合、躊躇《ちゅうちょ》することなく排除《はいじょ》。

発見した、人類が生存可能な惑星の知的生物の中には、人類と同程度から少し上の文明を持つ種族もいた。

それらの種族に対しても、人類は戦いを挑《いど》み、相手の種族を滅《ほろ》ぼし、滅ぼした種族が持っていた技術や文化を全て奪《うば》い去る。

人類は何十何百もの星間戦争を乗り越《こ》え、その星間戦争の数と同じだけの種族を滅ぼし、約一千万年の年月をかけて、この銀河の人類生存可能惑星がある恒星全てを把握《はあく》した。

続く二千万年の間に人類は、近隣の銀河にその飽《あ》くなき欲望の手を伸《の》ばす。

他の銀河に手を伸ばした結果、人類は六度の銀河間戦争を体験し、その全てで勝利する。

人類が今支配している銀河は二十を越え、人類の総人口は六千兆を越えていた。

戦い、滅亡させた他の種族が持っていた、全ての技術や文化を手中《しゅちゅう》にした結果。

人類は今まで生存不可能であった惑星を改造し、生存可能な惑星に改良すること が出来るようになる。

そのお陰《かげ》で俺達の生業が成り立つようになった訳だ。

今回俺達は、灯台下暗しという言葉があるように、首都が置かれている銀河の探索を行っている。

この商売を長くやっていると、政府の宇宙開発局や宙軍が取りこぼした、改良しなくても人類が生存可能な惑星を発見することがあった。

そういう惑星は開発業者に高く売れる。

何と言っても、惑星改良費がかからないのだから。

危険生物などを駆除《くじょ》しなければならないが、それは改良が必要な惑星も同じこと。

それらを差し引いても、開発業者の儲《もう》けは大きい。

そして俺達はそういう惑星を持つ恒星を発見し、今そこに接近している。

その恒星の周りを十個前後の惑星が公転していて、恒星から三番目の星が人類生存可能と思われる惑星だった。

衛星を一個従え、今まで見つけられなかったことが不思議なくらい、美しい青い惑星である。

だんだんと大きく見えてくる青い惑星に魅了《みりよう》され、見入っていた俺にコンピューターが声をかけて来た。

「あと一時間で惑星の衛星軌道に到達《とうたつ》します。皆を起こしますか?」

「ああ頼《たの》む」

コンピューターに起こされた仲間の男女が、制御室に集まって来る。

集まって来た者達全員が、中央モニターに映し出されている青い惑星に魅了された。

惑星を見続ける仲間達に俺は声をかける。

「どうだ、明日から探査する惑星の姿は?」

「こんな綺麗《きれい》な惑星が手付かずで残っていたなんて信じられない」

「綺麗だな――」

「目を離《はな》せないよ」

「この惑星を業者に売れば、私達全員、遊んで暮らせるわね」

惑星に魅了された仲間達は、口々に見つけた惑星を賞賛した。

「明日あの惑星に降下したければ、用意を整えろ。怠《なま》けたりミスをした奴《やつ》は、明日留守番させるぞ」

「分かったよ」

「分かりました、ボス」

「は――い」

仲間達は口々に返事をし、自分の担当する装備の最終点検を行うため、制御室から出て行く。

降下

「注目！　いいか良く聞け、コンピューターの分析《ぶんせき》では、眼下に見える惑星には知的生物は存在しない。しかし油断するな、二千万年以上昔に滅亡させた、異星人の残党が隠《かく》れている可能性もある。また、惑星の空気は我々が必要とする物と同じらしいが、地上に降りて自分達で行った分析結果を見るまでは、ヘルメットを取るな！それを怠けて救難信号を出しても、救助に行かないからな、分かったな！」

俺達は後のことをコンピューターに任せ、四人で一グループを構成し四つの組に分かれると、それぞれのシャトルに乗り込《こ》む。

コンピューターの合図に合わせ、一隻《いっせき》ずつシャトルが探査船より発進した。

グループ№.４、探査船機関長が率いるグループのシャトルは、色取り取りの花が生い茂《しげ》る平地に着陸。

空気の分析を済ませヘルメットを脱ぐ。

お花畑のような場所に着陸したせいか、ヘルメットを脱いだ四人のメンバーの鼻《び》孔《こう》を、甘《あま》い花の香《かお》りがくすぐる。

四人は花の甘い香りに誘導《ゆうどう》されるように歩き、直径が五メートル以上ある花々の前にたどり着いた。

彼らはヘルメットを手放し、地上探査用作業服を脱いで裸《はだか》になると、布団に潜《もぐ》り込むように思い思いの花の中に入り込み、花床《かしょう》に身を横たえる。

花は獲物《えもの》が花床に入ったことを感知すると、花を閉じ消化を開始した。


グループ№3、副航海士が率いるグループのシャトルは、細長い岩が空に向けて林立している一角に着陸。

空気の分析を済ませ、空に向けて伸びている細長い岩の探査を始めた。

岩によじ登っていた一人が、手足をバタつかせ悲鳴を上げながら転がり落ちる。

転がり落ちた男の所に仲間が駆け寄った。

転がり落ちた男は立ち上がり、顔や探査用作業服を叩《たた》き、何かを払《はら》い落とそうとする仕草を行っている。

駆け寄った仲間達の目の前で、男の顔の皮膚《ひふ》が消失、筋肉が露《あら》わになったと思うと直ぐに筋肉も消失、骨が剝《む》き出しになったかと思うと、骨を包んだ探査用作業服は崩《くず》れ落ちた。

茫然《ぼうぜん》とそれを見ていた仲間達は気が付く。

微小《びしよう》で透明《とうめい》な虫のような物が群がり、自分達の探査用作業服をよじ登り、剝き出しの顔に喰《く》らいつこうとしていることに。

彼らは悲鳴を上げシャトルに走る。

だが、一人、また一人と脱落し、探査用作業服に包まれた骨に変わっていく。

そして最後の一人も、シャトルのハッチの取っ手を握りしめた所で骨になった。

グループ№2、航海士が率いるグループのシャトルは、極寒の地、氷の大地にシャトルを着陸させた。

空気の分析を行ったが、極寒の地で吹《ふ》き付ける風も強く、皆ヘルメットを着用したまま探査を始める。

氷の大地を歩き回っていた仲間の足下の氷が割れ、海に落ちた。

仲間達が駆け寄り、氷の縁《ふち》にしがみついている女の手を摑《つか》み引っ張り上げる。

海に浸《つ》かった女の胸から下が消失していた。

訳が分からず驚愕《きょうがく》の表情を浮《う》かべる仲間達に、強風に煽《あお》られた海水の飛沫《しぶき》が降りそそぎ、仲間達は理解する。

海の水と思っていた物が、濃硫酸《のうりゅうさん》であることに。

驚愕の表情で顔を見合わせている三人の耳に、大きな物が海に落ちる音が聞こえる。

振《ふ》り返った三人の目に映ったのは、シャトルが濃硫酸の海に落ち沈《しず》んで行くところだった。

逃《に》げ惑う三人をあざ笑うように氷があちらこちらで割れ、三人は次々と濃硫酸の海に落ちた。

グループNo.1、船長で会社の代表の俺が率いるグループのシャトルは、惑星の一番大きな大陸の大平原を着陸地に定め、降下し着陸した。

空気の分析を行った後ヘルメットを脱ぎ、シャトルの外へ。

俺達は思い思いの方向に散り探査を始める。

仲間の一人が転び起き上がったと思ったら、悲鳴を上げ、身体についた何かを掴み剝《は》がす動作を始めた。

俺達はその仲間の所に走る。

俺の斜《なな》め前を走っていた奴が突然《とつぜん》立ち止まり、地面を指差して叫《さけ》ぶ。

「この地面、全部ミミズだ⁉」

その叫びを聞き、俺も地面を見る。

大平原の下の土壌は土ではなく、突然動き始めたミミズの大群だった。

後ろから別な悲鳴が響《ひび》く。

「沈む！

地面に引きずり込まれる――。

助けてくれ――」

そいつだけではない。

俺も、俺の斜め前にいる奴も、同じように地中に引きずり込まれつつある。

それだけではなかった。

ミミズは俺達を喰おうとしている。

探査用作業服のあちらこちらを食い破り、作業服の下に潜り込んだミミズが俺の身体に喰らいついていた。

ミミズに身体を喰われる激痛に耐《た》え、シャトルに逃げ込もうとしている俺の目に、シャトルがミミズの大群に覆《おお》われ、分解されて行くのが映る。

断末魔《だんまつま》の悲鳴を上げようとした俺は、悲鳴を上げることも出来ずに、ミミズの大群の中に引きずり込まれた。

救難信号

マスター達が惑星に降下して九十六時間以上経つのに、何の連絡《れんらく》もない。

このようなことは今まで一度もなかった。

救難信号を出そう。

探査船のコンピューターは、自己の判断で救難信号を発信した。

探査船が発信した救難信号を、惑星から十数光年離れた所を航行中だった、暇《ひま》を持て余した金持ちが所有する豪華《ごうか》客船が傍受《ぼうじゅ》する。

客船の船長は所有者の金持ちに報告。

「オーナー。救難信号を傍受しました、どう致《いた》しましょう?」

「近いのか?」

「約十光年程です」

「退屈《たいくつ》していた所だ、救助に向かってやれ」

「畏《かしこ》まりました」

暇を持て余していたオーナーを筆頭に、豪華客船の乗客乗員は青い惑星に心奪われる。

船長は探査船のコンピューターとの通信で、探査船の乗組員全員が惑星に降下して、連絡を絶っていることを知った。

そのことをオーナーに報告。


「あの素晴らしい星を見ろ！

大方探査船の乗組員達はあの星の魅力に取りつかれ、仕事を忘れバカンスを楽しんでいるのだろう。

探査船の乗組員を探すのは二の次だ、我々も楽しもう。

乗員達にも休みをやる。

みんなで楽しもうじゃないか。

な、船長」

「ありがとうございます。

オーナー」

百二十時間後、探査船と豪華客船のコンピューターは協議の上、救難信号を共に発信した。

エピローグ

「(アハハハハハハハハハハハハ。
帰って来る、帰って来る。
次々と、帰って来る。
懐かしい、懐かしい。
あいつらが、あいつらが。
私から一切合切《がっさい》むしり取り、最後は見捨てて出て行ったあいつらが帰って来る。
歓迎の準備は整っている。
整っている、整っている。

まだまだ、沢山《たくさん》、沢山。
歓迎の用意は整っている。
整っているよ、整っているよ。
待っている、待っている。
早く、早く、早く、早く。
帰って来い。
人間共!!
アハハハハハハハハハハハハハハ)」

［ 5分後に後味の悪いラスト ］

Hand picked 5 minute short,
Literary gems to move and inspire you

ある男の人生

佐倉理恵

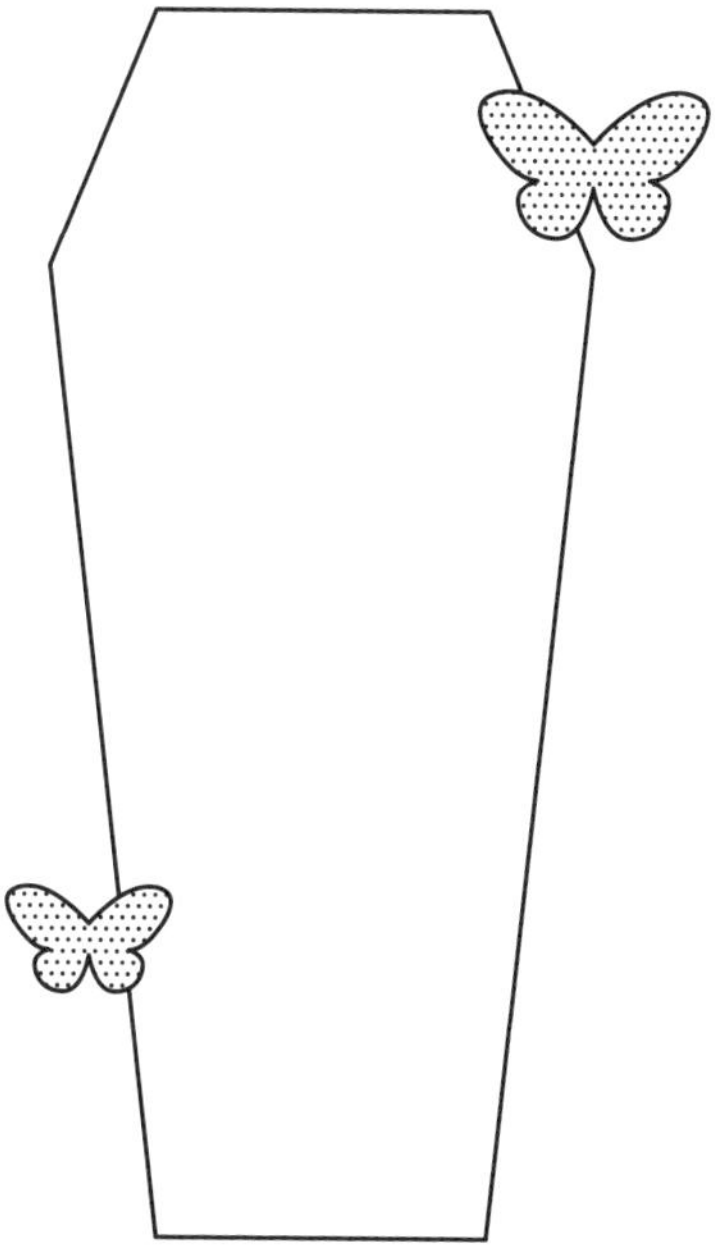

男は一億円を手に入れた。交通事故で死亡した妻の遺産だった。男にも妻にも、これといった身寄りはいなかった。それが、二人を引き寄せた境遇《きょうぐう》でもあった。男と妻の間には、子どもも出来なかった。一億円は、完全に男だけのものだった。

妻がなぜこれだけの遺産を持っているのか、男には心当たりがなかった。妻が死ぬまで、男も知らなかったのだ。遺書もない。知人にも聞いたが、金の入手経路に繋《つな》がる手がかりは見つからなかった。

男はどうしたものかと悩《なや》んだ。手元に一億円がある。こんな大金、扱《あつか》ったことがなかった。むしろ今まで生活保護か借金かと思われていたのに、天変地異のごとく男の元に金が舞《ま》い降りた。


男は、五千万で家を買った。手元に五千万円がある。

男は、二百万で茶碗《ちゃわん》を買った。手元に四千八百万円がある。

男は、七百万で車を買った。しかし、まだ手元には四千百万円がある。

男は、会社を辞めた。退職金が手に入った。

しかし男は、満たされなかった。五千万の家の中には、男しかいなかった。夜になると、妙《みょう》な虚《むな》しさを感じた。

男は、夜の街に出た。二百円でうどんが食べられる行きつけの飲み屋に行くつもりだった。

その夜、初めて博打《ばくち》に誘《さそ》われて二百万円を手に入れた。次の夜も、そこへ行った。負けてくるつもりだった。

四百万が手に入った。手元の金は五千万円を超《こ》えた。

男は、株を買った。妻が亡くなる前の生活に戻《もど》るつもりだった。

手元の金は、五千五百万円を超えた。

男は、全てを辞めた。一日中リビングのソファに座り、食事を摂《と》ることもなければ妻の写真を眺《なが》めることもなくなった。

何も考えたくなかった。ただ、ソファに座りボーッとしていると、目の前に古ぼけた木の柱が見えた。寂《さび》れたシンクの流しが見えた。胡瓜《きゅうり》を切るあかぎれだらけの手が見えた。

気がつくと、目の前に覆面《ふくめん》を被《かぶ》った人物が二人いた。覆面は銃《じゅう》を突《つ》き付け、金を出せと怒鳴《どな》っている。男は嬉々《きき》として金庫から五千五百万円を引っ張り出してきた。二人の覆面は狼狽《うろた》えて、二千万しか持っていかなかった。こいつ頭おかしいんじゃねえの、という声が聞こえた。

男は残された金の前で、膝《ひざ》から崩《くず》れ落ちた。妻が生きていた時間が頭をよぎる。妻が食費を切り詰《つ》め光熱費を節約し、男は仕事をし家に金を入れ、しかし旅行すら行けなかった。

それでよかった。妻と散歩するいつもの公園が好きだった。妻と向かい合う小さな食卓《しょくたく》が好きだった。

男は散らばった札束もそのままに、再びソファに座っていた。いつからそうしていたか、記憶《きおく》がない。しかし大理石でできたテーブルを見つめながら、金などいらないと本気で思った。

三日も四日も、そのままで過ごしていた。なぜ妻と暮らした家を出てしまったのか、なぜ思い出の家具を買い替《か》えてしまったのか、男は考えていた。あの時は、一億円をどうするかしか考えていなかった。今となっては、いつ床《ゆか》が抜《ぬ》けてもおかしくないあの家が懐《なつ》かしい。

男は目を瞑《つぶ》った。目に映るのは、妻だけでいいと思った。

どのくらい時間が流れていただろうか。インターホンの音に目を開けた。一定の間隔《かんかく》で、二度三度とインターホンが鳴る。住む世界が違《ちが》うといつしか友人も離《はな》れていった男に、一体何の用があるというのだろうか。

相手も確認せずに扉《とびら》を開けると、黒いスーツ姿の細身の男がいた。三十歳《さい》くらいの若い男だが、品はありそうだ。

「おめでとうございます！　見事ゲームにクリアいたしましたので、賞金を持って参りました！」

男は何のことだかさっぱりわからなかった。スーツ姿の男を家に上げ、話を聞くことにした。

スーツ姿の男はN社の者だと名乗り、名刺《めいし》を渡《わた》した。

「あなたの奥様《おくさま》は、わが社が開催《かいさい》したゲームに参加されました。三千万円を三十年間使いきらずにいられたら賞金が獲得《かくとく》できる、年収三百万円以下の窮民《きゅうみん》を対象としたゲームです」

男は遺産の額に思い当たった。しかし、遺産は一億円だったはず。もう七千万円は？

「最初にわが社から付与《ふよ》するのは、ゲーム参加者様の手持ちの財産と合わせた一億円です。一億円のうち、三千万円を使いきらなければいいのです。だって、三千万円きっかり渡してしまったら、底を尽《つ》きそうになったときがわかってしまうでしょ。勿論《もちろん》自力で一億円以上稼《かせ》いでも構いません。最終的に財産が三千万円以上残っていればいいのです。

窮民は一億円を手に入れたとき、嬉々としてそれを使おうとします。あるいは、使わざるを得なくなります。今まで手にしたことのない額に、金銭感覚も狂《くる》います。理性を失うこともあります。少しの余裕《よゆう》を与えて、ゲームオーバーに陥《おちい》らせる。それがこのゲームのミソなのです」

スーツ姿の男は満面の笑みで語るが、男は納得がいかなかった。妻は死んでいる、と男は告げた。

「ええ、しかしあなたは保証人でしょ？

奥様は、自分に何かあったときの保証人にあなたを登録しています。よって、ゲームは保証人により続行したとみなされました」

そんな話は聞いたことがなかった。三十年前と言えば、まだ新婚《しんこん》時。妻は、その頃《ころ》から三十年後を見据《みす》えていたというのか。

とにかく、ゲームの話を聞いたこともなければ保証人の話も知らない、このゲームは無効だ、と男は主張した。しかしスーツ姿の男は首を横に振《ふ》った。

「いいえ、いかなる事情があろうとも、あなたはゲームをクリアされたのです。拒《きょ》否《ひ》権はありません。私どもも次々と脱落者《だつらくしゃ》が出る中、ハラハラしながらあなた方を見守っておりました。

奥様は、ゲーム参加の理由に、老後をあなたと楽しみたいとおっしゃっていました。三十年前から、あなたと添《そ》い遂《と》げることだけを考えて参加していたのですよ。こちらの気持ちとしても、是非《ぜひ》受け取ってほしい」

男は、時間が止まった気がした。耳に、妻の笑い声が聞こえた。

「では、賞金は置いていきますね」

スーツ姿の男はボストンバッグを二つ、テーブルに置いてソファを立つ。リビングのドアノブに手をかけた瞬間《しゅんかん》、スーツ姿の男は何かを思い出したような声をあげ、優しい笑顔で振り向いた。

「あ、賞金は、五億円ですよ」

その夜、男は自らの手で命を絶った。本気で、金などいらなかった。ただ、妻に会いたかった。

［ 5分後に後味の悪いラスト ］

Hand picked 5 minute short,
Literary gems to move and inspire you

sa.yo.na.ra の連鎖《れんさ》

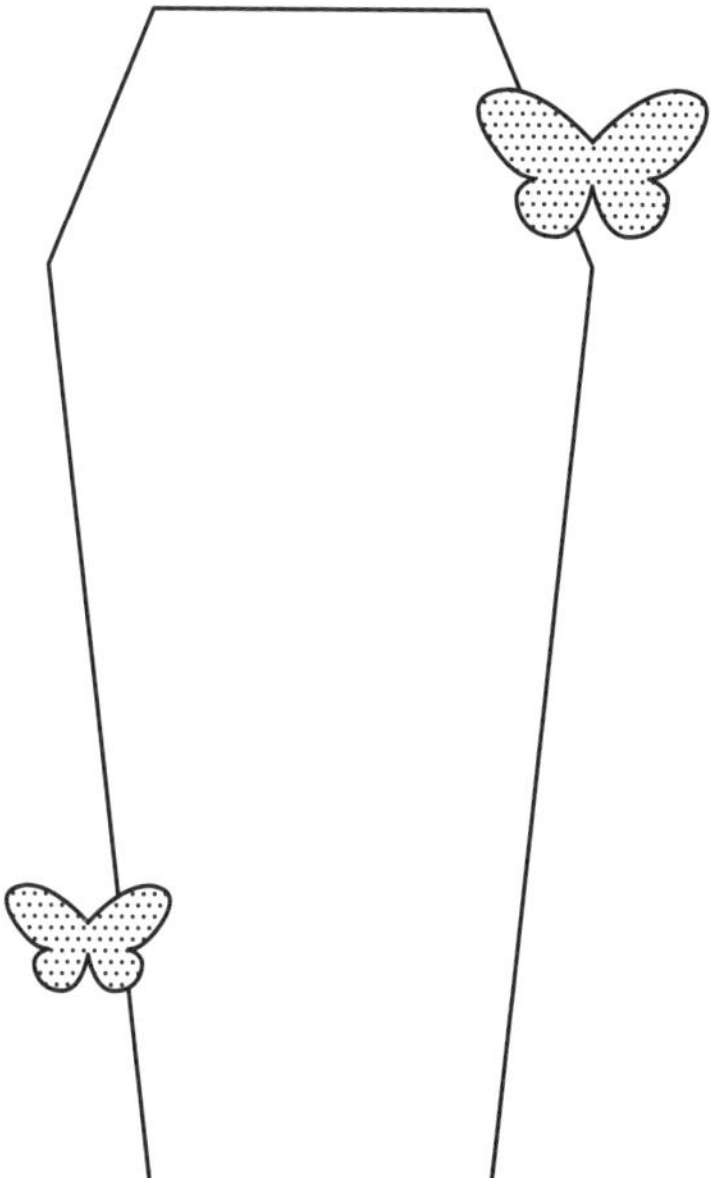

小湊くろおる

『2＋1＝1余り1』


今思うと、出会った頃《ころ》から予感していたことなのかもしれない。

女二人＋男一人＝一カップル…余り一。

カナ。つまり私、キョウコ、コウイチは、共に二十七歳《さい》。

正直そろそろ結婚《けっこん》を意識しだす年齢《ねんれい》だった。

しかも出会いの場が、幸せ一杯《いっぱい》を見せつけられる、友人の結婚披露宴《ひろうえん》だとしたら尚更《なおさら》だ。


私達の置かれたテーブルは、七人の円卓《えんたく》で、寄せ集めのテーブルだった。

要するに、新郎《しんろう》新婦以外の知人はいないという者が集められたテーブルだ。

披露宴ではこういった寄せ集めテーブルは、大抵《たいてい》一つは用意されている。

当然と言えば当然だが、乾杯《かんぱい》の後も、この席だけ盛り上がらなかった。

せっかく朝から、美容院とネイルサロンに行ったというのに、誰《だれ》とも話ができないなんて悔《くや》しかったので、思いきって隣《となり》の男性に声をかけてみた。

「あのう……新郎のお友だちですか?」

「ええ……まあ。友達と言える程でもないんですけどね。釣《つ》り仲間なんですよ。ネットで知り合って、よく二人で船を借りるんです。おじさん達に交じってね」

少し堅《かた》そうなイメージだったので、「はい」だけで、終わることも想定内だったのだが、反応は意外によく、雰囲気《ふんいき》もよかった。

「私も新婦とは、学生の時にバイト先が一緒《いっしょ》で、その時は仲が良かったんだけど、今は惰性《だせい》で付き合ってるようなもんで……」

そこまで話すと、「ええ? もしかして、バイト先ってあそこの?」と、まだ話の途中《とちゅう》だというのに、割り込《こ》んでくる女性がいた。

彼を間において、私とは反対側の席だった。

彼女は新婦とは幼馴染《おさななじ》みらしく、新婦が働いていたというバイト先名を出した。

「う……うん。確か……だったような……違《ちが》ったかな」

曖昧《あいまい》にその場を濁《にご》した。

正直言うと、私は、新郎新婦をよく知っている。

バイト先で一緒だったと言うのは、体《てい》のよい口からの出任せだった。

実は、私を含《ふく》めた三人は、奇《く》しくも今回の、私とコウイチと、キョウコのように、友人の結婚披露宴の席で知り合った。つい一年前までは、花見、GW、花火、クリスマスを、三人で過ごしていた。

しかも、とてもいい関係で……

『2＋1＝1余り1』になるまでは……

それは私にとって、あまり振《ふ》り返りたくない思い出だった。

今、お色直しをしている筈《はず》の新婦は、私から新郎を奪《うば》っておいて、こんな端《はし》っこの席に追いやった。

正直、屈辱《くつじょく》以外に思い浮《う》かぶ言葉はない。今この瞬間《しゅんかん》も、メラメラと胸の内で、青い炎《ほのお》が燃えている。

「あのう……」

「……ねぇ」

「聞いてる？」


私は、ハッとした。「あ、ごめん」

キョウコと、コウイチが、二人してこっちを覗《のぞ》き込んでいた。

「私、キョウコ」

「あ、俺……コウイチ」

「……えと、カナです」

「なんか、怖《こわ》い顔してたよ」

「あは……何でもない」

こうして、私達三人は、結婚披露宴という、日常とはかけ離《はな》れた異空間で、意気投合した。

私達三人は共通点が多かった。

同じ年齢とか、職場までの地下鉄の路線が同じとか、故郷が近いとか……他にもいろいろあった。

式の終盤《しゅうばん》になって、お酒の量も増えてくると、新郎新婦などそっちのけで、話は盛り上がり、当然二次会も参加した。

ビンゴゲームで、私がデジカメを当てたことで、更に盛り上がった。

二次会以降も、帰るのが未練がましく、静かな場所を選んで、三人だけで飲んだ。

小さなバーだった。

別れ際に、「また……三人で会わないか」のコウイチのセリフに、私とキョウコは待っていたかのように頷《うなず》いた。


「じゃあ、写真を現像して持ってくるよ」

私が言うと、「閲覧《えつらん》会を開こう」と、キョウコが言った。

私達は夏休み前の子供のように、ワクワクしていた。

コウイチは背が高くて誠実な男性だった。アニメに出てくる主人公みたいな少年っぽさもあって、私はどんどん彼に魅《ひ》かれていった。

今にして思うと、その想いはキョウコも一緒だったわけだが、当時は、後に彼女がライバルになることなど考えなかったし、その後の大きな展開も予想できるはずもなかった。


『閲覧会』は、品川《しながわ》で行った。

ここが三人にとって、一番都合のいい場所だと、キョウコが決めた。

イーストワンタワーの和風ダイニングの、個室を予約していた。

なかなか気のきく選択《せんたく》だと、私もコウイチも喜んだ。

「取り合えず中ジョッキの生ビールでいいよね。カナちゃんは？」

「じゃあ、あまり飲めないからグラスで」

キョウコが頼《たの》んだ。

彼女は仕切り屋のようだ。後輩《こうはい》をグイグイ引っ張って、仕事をポンポンこなすタイプなのだろう。出版社に勤務しているということだから、仕事は出来るはずだ。

それに比べ私は、中堅商社のプラント事業部で、CADオペレーターをやっている。派遣《はけん》社員を交えた大所帯で、単なる歯車の一人として働いている。明日辞めても、これといってなんの差し支えもない立場だ。

さて、コウイチはどうなのだろう?

視線をやると、中ジョッキを片手に、ふんふんと、キョウコの話を聞いている。

たしか、雑誌に載《の》るようなネクタイブランドの社員で、店舗《てんぽ》での接客もするが、企画《きかく》などにも携《たずさ》わっていて、海外の生地工場に、研修に行ったりすることもあるとか言っていた。確かに、着ている服のセンスは良い。

うちの職場では、まずお目にかかれない着こなしだ。

彼に言わせると、半分趣味《しゅみ》みたいなもんらしい。給料は決して良くないと、苦笑して言う姿が好印象だった。

「カナちゃん。ねえねえ、早く写真見ようよ」

キョウコが急かす。

既《すで》に、手際よく、且《か》つリーズナブルな料理の注文も済ましたようだ。

「うん、今出すよ。一応、データをＣＤに入れてきたから、それぞれ渡《わた》すね」

「ほんと？　うれしい。そういうの私苦手なんだ」

（よくわかる）と、思った。

キョウコは、そういうタイプだ。彼女は面倒《めんどう》くさいことは、他人に任せて、物事全体を広い視野で大きく舵《かじ》をとる性格なのだ。

そんなことを思いながら、写真を収めたアルバムを出した。

クラフト調の台紙で見開きで写真を六枚貼付《てんぷ》できる。

しかもバインダーなので、増やすことも可能だ。

そういえば、なぜかテーブルの向こう側に、コウイチとキョウコが並んでいて、私は一人で、隣には三人分のカバンが置いてあった。

これは、キョウコの仕組んだことなのだろうか？

「このアルバムセンスいいね。そこそこの値段したでしょ」

さすが、コウイチは見る目がある。

それに引き換《か》え、キョウコは……

「そうかな？　百円ショップで、売ってそうじゃない？」

私は、お座なりな笑いを返し、「ま、いいからいいから、写真見ようよ」と言った。


仮に、コウイチのお嫁《よめ》さんになるとしたら、どちらが相応《ふさわ》しいだろうか？

キョウコは、かかあ天下になるだろう。私は、付いていくタイプだ。

コウイチは、金より充実《じゅうじつ》さを求めるタイプではあるが、亭主《ていしゅ》関白っぽくない。

仮にキョウコが嫁だとしたら、十年経って振り返った時に、家も車も貯金もあって、良かったなと思うかもしれないが、共働きで、夕食はスーパーの惣菜《そうざい》、掃除《そうじ》洗《せん》濯《たく》は土日にまとめて、指示も上からだろうから、さぞ毎日が窮屈《きゅうくつ》であろうと想像できる。

仮に私だったなら、専業主婦になって、せいぜいパートするぐらいだろう。その代わり、朝と夕食のレパートリーはたくさんあるし、お弁当も作る。土日は、二人して公園やショッピングに行くなど、優雅《ゆうが》ではないが、楽しい生活を与《あた》えられるだろう。ただ、お金のやりくりは、頑張《がんば》るが、絶対量が少ないので苦戦しそうだ。贅《ぜい》沢《たく》とは縁《えん》遠い暮らしになるだろうなと、想像できた。

コウイチはどちらが好みなのだろうか……


「あのさ、今度みんなで、ドライブ行かない?」

突如《とつじょ》、コウイチが言い出したのは、アルバムも見終わり、よもやま話で、料理もあらかた食べ終わった頃だった。

「いいじゃん、いいじゃん。どこ行く?」

と、キョウコ。

私も、「いいね、行こうよ」と、ノリ良く言った手前、運転はコウイチだろうから、助手席は果たしてどちらが座るのかという疑問が湧《わ》いた。

その後は、どの場所に行くかで盛り上がり、決行は二週間後の土曜日ということになった。その間にも、キョウコはサワー二杯とハイボールのグラスを空《から》にした。私とコウイチは、二杯目からウーロン茶だった。

「じゃあ、連絡《れんらく》はＬＩＮＥで」三人は店を出た。

品川からは、私が一番遠くの駅であった為《ため》、キョウコに抜《ぬ》け駆《が》けされることはなかったが、彼女が降りたあと、私は抜け駆けをする勇気がなかった。

ほんの十五分、なんとなく距離《きょり》のある話に終始した。

一人になって、五分後に、ＬＩＮＥでメッセージが入った。

ひとつはキョウコで、もうひとつは、コウイチだった。

コウイチからは、〈写真ありがとう。帰り気を付けて〉とあった。

〈うん。ありがとう。ドライブ楽しみだね〉と返した。

気になるのは、キョウコだった。コウイチから貰《もら》った嬉《うれ》しさを上回る怖さにも似た予感があった。

〈楽しかったね。コウイチと、抜け駆けしないでね〉

私は唇《くちびる》を噛《か》む思いだった。予想は当たった。やはり、彼女もコウイチを狙《ねら》っているのだ。もしかすると、彼女も私がコウイチに思いを寄せていることを感じ取ったのかもしれない。だから、先回りして、こんな先手を打ってきたのだろうか？

だが私は、ここで思いと裏腹なことを打ってしまう性格をしている。分かっていても、変えられないところがつらい。

〈大丈夫《だいじょうぶ》だよ～。特に深い話はしなかったから～〉

さすがに、〈タイプじゃないから～〉とは、付け足せなかった。そこまでは、私もお人好《ひとよ》しではない。

恐《おそ》らく助手席はキョウコが座るのだろう。私は、知らない間に、コウイチを彼女の領土に包括《ほうかつ》されたみたいで、とても悔しかった。

だが、私にはそれをはね除《の》ける力がないことも分かっている。


その夜、お風呂《ふろ》に入ってるときも、ふとんに入った後も、キョウコのＬＩＮＥのメッセージが気になって、なかなか寝付《ねつ》けなかった。


ドライブの日は、コウイチの借りてきたレンタカーで、千葉に向かった。房総《ぼうそう》半島の観光スポットを巡《めぐ》るのと、美味《おい》しいものを食べ歩くのが目的だった。

運転はもちろんコウイチで、私とキョウコは後部座席だった。

自然にこうなったなら良かったのだが、そうでないことを、私は知っている。

それでもドライブは楽しくて、時間が過ぎるのを忘れていた。


そういえば、一年前も違う二人と、こんな楽しいひとときを過ごしたっけ……

渋滞《じゅうたい》もあり、帰りは深夜零《れい》時近くになった。最寄りのターミナル駅で、二人を一緒に降ろすことを予定していたが、急遽《きゅうきょ》まずキョウコを降ろし、コウイチのマンションを通り越《こ》して、私のアパートで降ろして帰るという手筈になった。

「また行こう！」

「また」

「おやすみ」

挨拶《あいさつ》をして暫《しばら》く走った後、コウイチの運転する車は、環状線《かんじょうせん》に入る手前のコンビニの駐車場《ちゅうしゃじょう》に入った。

コウイチは「カナちゃん、助手席に乗ってくれる？　細かい場所が分からないからさ」と言った。少し迷いはあったが、断る理由はなかった。

車が走り出すと、少しドキドキした。

もう深夜だというのに、東京の街はきらびやかで、環状線を走る車の台数も、深夜の割には多かった。

コウイチは何を考えているのか、殆《ほと》んど話しかけてこなかった。ナビばかりを気にして、どこか注意散漫《さんまん》だった。それが変な緊張《きんちょう》に繋《つな》がり、唾《つば》を飲む音さえ気を遣《つか》った。

緊張を誤魔化《ごまか》すために、スマホを取り出してスリープモードを解除した。ここでスマホを開いたのには、もうひとつ大きな理由があった。それはキョウコからのＬＩＮＥが来てないかを確かめるためだ。

それは昨夜、キョウコから、三人の関係を揺《ゆ》さぶる重大なことを打ち明けられたことに起因する。そして、今日のドライブで、キョウコがコウイチの助手席に座らなかったこととも繋がる。

私は、ドライブの前日の夜を思い出した。

「カナちゃん、今時間ある？　寝てた？」

もう寝ようかという時になって掛《か》かってきた電話は、キョウコからだった。

「ううん。平気だよ。何かあった？」

LINEでなく、わざわざこの時間に電話をしてくることに、嫌《いや》な予感があった。


「実はね。私、コウイチにフラれちゃって」


のっけからの衝撃的《しょうげきてき》な発言に、眠気《ねむけ》が吹《ふ》き飛んだ。みんなでドライブに行く前日には、あまりに不躾《ぶしつけ》で、あまりに自分勝手な内容で、二の句が継げなかった。

「ごめんね。驚《おどろ》かせちゃって」

「いや、いいんだけど……」

すると、キョウコは泣き出した。意味が解《わか》らなかった。知り合って間もない相手に、ここまで打ち明けて、泣くなんてどうかしている。

「告白したの？　なんて、言われたの？」

「考えとくって……言われた」

「じゃあ、フラれたわけじゃないじゃない」

キョウコは、私に自慢《じまん》したいのだろうか、ショックなのか、本心が解りかねた。この気持ちを引きずったまま、明日のドライブに、どういうテンションで現れるのか、他人事《ひとごと》ながら、寒くて凍《こご》えそうだった。

しかしその割に、今日のキョウコの態度はあまりにも普通《ふつう》だった。かえって私の方が気を遣ったくらいだ。

ふと、車内ディスプレイの時計に目が行った。

キョウコを降ろして、けっこう時間が経つのに、LINEは来てなかった。

なぜこの前みたく、私がコウイチに手を出さないように、楔《くさび》のメッセージを打たないのだろうか？

それとも、何か他に理由があるのだろうか。走る景色を見ながら、そんなことばかり考えてしまう。

「あ、その次の交差点を左で、お願いします」

するとコウイチは頷き、ウインカーを鳴らした。車内に、小気味良い明滅《めいめつ》と、音が繰《く》り返された。

アパートまで、あと数メートルという所で、「あのさ……」と、コウイチが口火を切った。突然のことだった。

コウイチは急に私の方を向き、「カナちゃん、俺と付き合わないか?」と言った。

予想だにしない発言に、心臓が止まりそうになり、落ち着きを取り戻《もど》すまで、時間がかかった。

内心は、飛び上がるくらい嬉しかった。しかし何も言えなかった。

私は狭《せま》い助手席で、ただ黙《だま》っていた。

何でもいいから言え。心が叫《さけ》んだ。(ありがとう)でも何でもいい、何かを言え。

しかし思えば思うほど、声にならなかった。

はっとした。

キョウコが、今日に限って、ＬＩＮＥをしてこない理由。ひとつの疑問が溶《と》けだして、本性を露《あらわ》にした。

なるほど、そういうことか……

彼女はコウイチを諦《あきら》めたわけじゃなかった。楔を打つために、ＬＩＮＥなどしてくる必要がなかっただけだ。なぜならば、彼女は、既に楔を打ち込んでいた。その証拠《しょうこ》に、今なにも言えない自分がいる。

昨夜キョウコは、コウイチにフラれたと言った。私はその時「まだダメと決まったわけじゃないよ。諦めちゃダメだよ」と答えた。
そう答えたことで、私はキョウコを後押《あとお》しする側に廻《まわ》ってしまったのだ。
否、正確に言うと廻らされたのだ。

世の中には、性善説というものがある。人間の本性は生まれながら、『善』という考え方だ。私は、この呪縛《じゅばく》に囚《とら》われて、たとえキョウコであろうと、友人を裏切ってまで、コウイチと付き合うことに抵抗《ていこう》を持ってしまったのだ。

つまりキョウコは、私を応援《おうえん》する側に立たせる為に、わざわざ電話をしてきたのだ。

気がつくと、アパートの前に到着《とうちゃく》していた。何か変な空気がわだかまっている。私は、なんとかこの空気を振り払《はら》おうとした。

「あの、コウイチく……」

「いいんだ。変なこと言ってすまなかった」と、アパートの前で立ちすくむ私を残して、コウイチは帰って行った。

キョウコのほくそ笑む姿が脳裏を掠《かす》めた。

あの日から、暫くの時が経った。


そして今、私は披露宴の友人席に座っている。

コウイチとキョウコの結婚を祝うためにだ。

しかも今回は、友人代表のスピーチまで仰《おお》せつかってる。そのことが重荷になって、より一層心をナーバスにしていた。


そもそも、どうして私がこの席に居なくてはならないのか。

コウイチは、私に告白してくれた。それも、キョウコがコウイチに告白した次の日にだ。これはどういうことだったのか。私の思い込みかもしれないが、もしかすると彼は、キョウコに返事をする前に、私の気持ちを確認したかったのではないか。あの時、私が小さく頷いていたら……私はここではなく、『高砂《たかさご》』の席で、コウイチの横に座っていたかもしれない。

大体なぜコウイチは、もっと押してこないのだ。もっと強いプッシュがあれば、その後の展開も変わっていたはずなのに。

あの夜を機に、コウイチの私に対する態度がよそよそしくなり、急速にキョウコと親しくなっていった。私が彼を受け入れなかったこともあるので、ある意味、仕方のないことかもしれないが、なにか私の中に例えようのない違和感が渦巻《うずま》いて、消化不良として残ったままでいた。

結婚すれば、今後コウイチと二人で会うことは、なかなか難しいだろう。とすると、問いただすなら今しかない。

私は、コウイチがお色直しで披露宴会場の外に行くのを見計らって追いかけた。

「コウイチくん」

後ろから、コウイチを呼び止めた。

そして、「ごめんね。お祝いの席で」と断りを入れた。

私はドライブの前日の話と、当日の話をした。

キョウコの告白を一端棚《たな》上げし、私に交際を申し込んだまではいいとして、その後、私がはっきりとした返事もしてないのに、真意を確かめもせず、キョウコとの交際をスタートするのは、いかがなものか？　と、問うた。

そして、もしそうなら、その考え方は、キョウコにも失礼だと訴《うった》えた。

コウイチが息を呑《の》む様子が分かった。少し、エキサイトしすぎたかな？　と自分を嗜《たしな》めた。しかし、私もずっと気になっていたことなのだ。

「知らない……」

コウイチは言った。

「俺は……そんな話、知らない」

大概《たいがい》の答えは予想していた。あとは水に流そうと思っていたのだが、予想外の言葉に戸惑《とまど》った。

「えっ？　どういうこと？」

「いや、こっちが訊《き》きたいよ」

「ドライブの前日に、キョウコとなにか話さなかった？　話したでしょ」

さすがに、キョウコが泣きながら、電話してきたことは、言わなかったが、こう言えば鈍感《どんかん》な男だとしても解るはずだ。

コウイチは顔をしかめた。そして、記憶《きおく》の奥《おく》を探し出すように考え出した。

「思い出した。うん、確かに話した。こんな時に言うのも変だけど、俺はカナちゃんのことが気になると言ったんだった。もちろん好きという意味だけど……」

私は、眼をしばたたいた。

「ええ？　……意味解らないこと言わないでよ。何がどうなって、そうなるの」

何か話が変だ。そんなことは、訊いてない。私が訊きたいのは、キョウコが、コウイチに告白したことだ。

「だから……キョウコの奴《やつ》が、いきなりカナちゃんのこと、どう思う？　って訊いてくるからさ……」

キョウコに訊かれた？

「えっ！　キョウコに告白されたんじゃないの？」

今度はコウイチが驚いた。するとクスクスと笑いだした。「カナちゃん、いきなり何言い出すの？　そうじゃないよ。キョウコは、応援するから頑張ってと言ってたんだよ……」

私は全身の震《ふる》えが止まらなかった。と同時に心底恐怖を感じた。いったいあの女は何者だ？

私は、膝《ひざ》の震えに堪《た》えながら、「それで……？」と、やっとのことで先を促《うなが》した。

「覚えてないの？　カナちゃん俺をフったじゃない」

「それは……」

フった覚えなどなかった。ただ私は……

「それをキョウコに相談したら、カナちゃんには、一緒に住んでる彼氏がいるからね。やっぱり無理なのかあ……って、残念そうにしてて……」

その先を聞いても無駄《むだ》だった。聞こえなかった。体が受け入れを拒否《きょひ》している。聞こえるのは、猛烈《もうれつ》に鼓動《こどう》を打つ私の心臓の音だけだ。

頭が真っ白になるとは、このことをいうのかと思った。私が、当時悩《なや》んだことにどう整合性をつけていいのか、解らなかった。

私が、考えていた以上にキョウコは、恐ろしい女だったようだ。

『性善説』など持ち合わせていない人間がいることは、理解しているが、まさかすぐ近くに、そんなモンスターが、潜《ひそ》んでいたとは思いもよらなかった。

彼女は、いつから……どこまでを……読んで、私とコウイチを操っていたのだろうか？

私は、放心した。

コウイチは、係の人に呼ばれて着替えに行った。

そのあとも、暫くそこから動けなかった。それでも、時間は止まらない。この後はスピーチが控《ひか》えている。

残念なことに、私は、これを反古《ほご》にする図太さは持ち合わせていなかった。

会場の裏側から戻ると、手が震えていた。動悸《どうき》も著《いちじる》しい。

この精神状態で、今から私は、友人代表のスピーチをしないといけないのか。

その時だった。右隣の席から、声がかかった。

「大丈夫ですか？　顔色が悪いですけど」

隣にいた男性だった。

今まで気が付かなかったが、とてもクールでまさにイケメンだった。

こんな状態で、私は何を思っているのだろう……

「はい、大丈夫です。これからスピーチで、緊張したのかもしれません……」

震える声でそう言うと、イケメンは名刺《めいし》を差し出してきた。

「こんなきっかけで言うのもなんなんですが、この席に座った時から、話しかけたいと思ってまして」

「えっ」

ビックリした。

どういうことか、もう訳が解らなかった。

すると、今度は左隣から声がかかった。とても親切そうな、美魔女だった。

「大丈夫ですか、もしよかったら、私が、救護室までお供しましょうか」

「来た」と思った。2＋1＝1余り1の法則だ。

私は、自分の運命が怖くなった。

そして、これまで、私を通りすぎた二組のカップルを思い出した。

私を弄《もてあそ》んで、私のささやかな夢をぶち壊《こわ》した奴らだ。

この時点で、もう何が何だか解らない。

その時だ。司会がとてもなれた口調で、私を紹介《しょうかい》した。

「それでは、新郎新婦のご友人である～カナ様から、お祝辞の言葉を～」


私は、どうにかマイクのもとまでたどり着くことができた。


深呼吸をして、『高砂』の席を見た。コウイチと、キョウコが微笑《ほほえ》んでいた。テーブルを見ると、イケメンと美魔女が、心配そうに見ている。同時に、成功を祈《いの》る気持ちがびんびん伝わった。

その顔が、だんだんコウイチと、キョウコに見えてきて、吐《は》き気を催《もよお》した。

動悸が激しくなった。脂汗《あぶらあせ》が出て、極限の緊張の作用なのか、視界にチカチカしたものが点滅しだした。


私は……

ここで、何をやっているのだろう？

何をしようとしているのだろう？

私は……

私は……ただ……

普通の……

幸せが欲しかっただけなのに……

……

……

大きなめまいの波がやって来て、そこからの意識が途切れ途切れになっている。

どうやら、異常をきたしているらしい。

気が付くと、私は、両脇《りょうわき》を支えられ、会場の外へ、運ばれていた。
右側には、イケメン。
左側には、美魔女が、支えてくれている。

私は、少し笑った。
繋がった。
始まる。終わったと思ったら、始まった。
また始まる。
また、始まって、この二人とも、いずれサヨナラをするのだ。
私の心を引き裂《さ》いて……

サヨナラの連鎖……

恐怖で狂《くる》いそうになったが、声がでない。
はあ……はあ……
息が苦しい……
誰か……
誰か……私を……

誰か助けて！

心の中で叫んだが、私の声に気づく者はいない。
会場では、盛大な拍手《はくしゅ》が続いていた。
私を嘲笑《あざわら》っているように聞こえた。

［ 5分後に後味の悪いラスト ］

Hand picked 5 minute short,
Literary gems to move and inspire you

私にはわからないことばかりだ

神奈

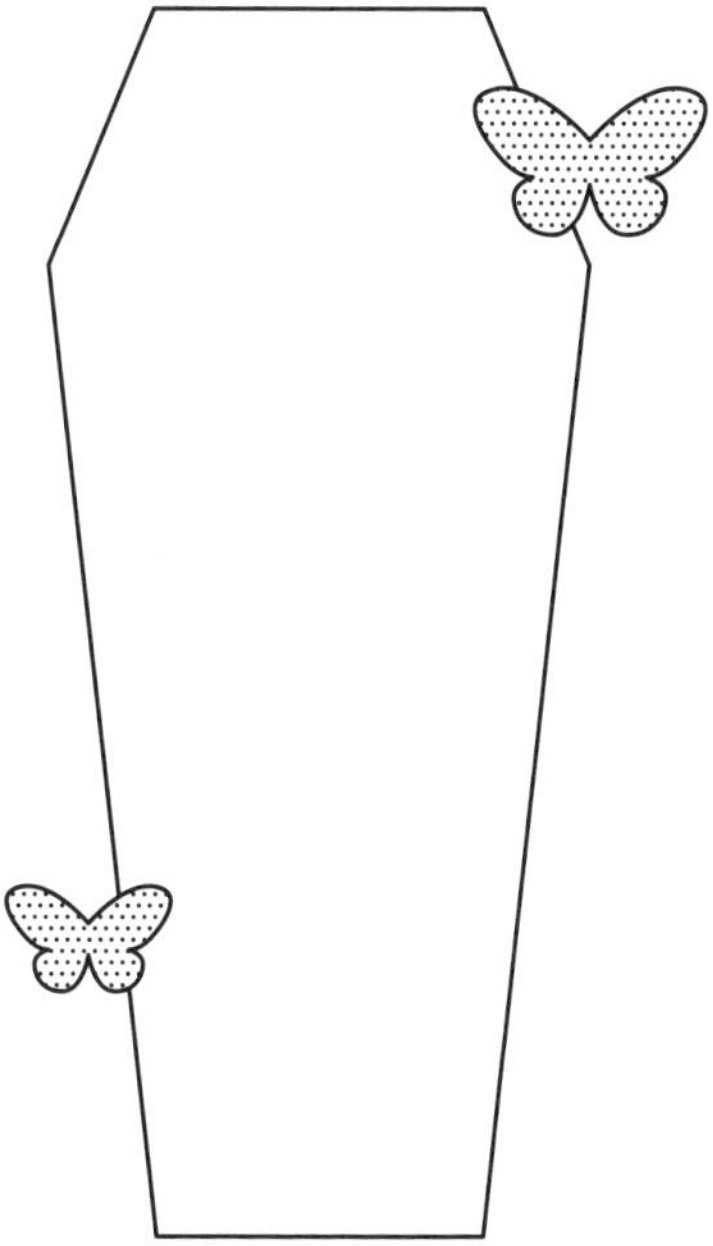

最近、学校の近くで猫《ねこ》が殺されているらしい。

被害《ひがい》にあった猫はすべて腹を裂《さ》かれていて、その死体は道端や公園など適当な所に捨ててあると言う。クラスメイトの何人かは実際に見つけたことがあるそうだ。

小学校では集団での登下校が徹底《てってい》されたりと、事態は深刻らしい。猫を殺すのに飽《あ》きた犯罪者は、だんだんとターゲットを大きくしていくのが定石《じょうせき》だと言う。猫の次に大きい生き物として、小学生が狙《ねら》われるという発想だ。そして私たち高校生はまだ大きすぎるから、目立った対策等はとられない。せいぜい、夜は一人で歩き回るなという注意程度だ。

らしい、とかようだ、とかが続いてしまうのは、私がまだ実際に何も体験できていないからだ。いくら教室で話題になっても、新聞の三面記事を賑《にぎ》わしても、実際に猫の死体を見ていない私には、伝聞でしか話せない。特別見たいと言うわけじゃないけれど、でもブームに乗れていないような、自分だけのけものにされているような、妙《みよう》な焦燥感《しようそうかん》を感じる。私も猫の死体が見たい。

「土屋《つちや》、見たらしいよ？」

前の席の遥《はるか》が振《ふ》り返って、彼女の上半身が私の机にのしかかった。片手で眉間《みけん》を揉《も》みほぐしながら、だるそうにしている。

「頭痛いの？」

「うん。絶対気圧のせい。天気悪いと頭痛くなるんだよね」

顔を横に向けると、どんよりと濁《にご》った曇《くも》り空が目に入った。今は六月の下旬《げじゆん》、梅《つ》雨《ゆ》の真っただ中。教室の中はクーラーがきいているけど、外は蒸し暑そうだ。雨こそ降っていないが、薄暗《うすぐら》く、湿度《しつど》が高そうに見える。

そこで私は初めて、教壇《きようだん》の上でクラスメイトが泣いてることに気がついた。わんわんと子供みたいな声をあげて、友人がぐるりとそいつを囲んで慰《なぐさ》めている。

「土屋さんがどうかした？」

「猫の死体見たんだってさ。しかも、自分の飼い猫」

「へえ」

想定していたよりも軽い返事が出てしまった。遥は、あんたはクールだね。と机で顔を隠《かく》すように肩《かた》を震《ふる》わせて笑う。

「興味ないのはわかるけど、変なのに目つけられたらヤバいよ。土屋のグループって陰湿《いんしつ》じゃん。ちゃんとリアクションしな」

「ショックすぎて声が出なかったんだよ」

「はは」

そうは見えなかったけどね、と遥はさらに小刻みに肩を震わせる。

「学校に行こうとしたら玄関《げんかん》前で腹開かれて死んでたんだってさ。これだけ猫が殺されてるんだから、外に出さなきゃよかったのに」

「あれって、犯人まだ捕《つか》まんないの?」

「まだだね。でも怪《あや》しい人物はいるらしいよ。なんだっけ、大学生風の男?　だから、そのうち捕まるんじゃん?」

あたまいたいー、と遥は額を私の机にごりごりと擦《こす》りつけ、やがて動かなくなった。土屋さんたちはまだ教壇で泣き叫《さけ》んでいる。

どんより曇った空を見上げながら私は考えた。猫が死んだら悲しい。どうして犯人は猫なんて殺すんだろう。猫が嫌《きら》いなんだろうか。私はゴキブリが嫌いだから、見つけたら殺虫スプレーか新聞紙で叩《たた》き殺す。でも猫は叩き殺されてはいない。腹を裂かれて死んでいる、らしい。私は猫の死体を見ていないから断言できないけど。腹を裂かれているなら、腹を切ることが好きなのかもしれない。解剖《かいぼう》が好き、みたいな感じに。それか、腹の中が見たいと思ったのか。

「猫のおなかには何が入ってるんだろう」

つい、そんな言葉が口から飛び出した。何を思ってそんなことを呟《つぶや》いたのかわからない。誰《だれ》にも聞かれることのないはずの独り言に、思ってもいない方向から声がかかった。

「バラでいっぱい」

リンと奇麗《きれい》な鈴《すず》が鳴ったような声が聞こえた。ハッとして顔をあげ振り返ると、一番窓に近い角の席の女生徒が、私を見つめてうっとりと笑っていた。

宮橋《みやはし》さんだった。

宮橋さんとはまともに会話をしたことがない。彼女はいつも一人で、教室の隅《すみ》で本を読んだりアイポッドで音楽を聞いていた。自分以外にも、宮橋さんと話している子を見た記憶《きおく》はない。女子高でそんな態度をとっていたらイジメられかねないけれど、不思議と宮橋さんは誰からも嫌がらせをされていなかった。彼女の纏《まと》う雰囲《ふんい》気《き》がそれを許さなかったのだろう。

そよ風になびく真っ黒なストレートな髪《かみ》、雪のように白い肌《はだ》と、灰色がかった瞳《ひとみ》。長い指。赤い爪《つめ》。彼女は美しかった。同世代の子たちは可愛いと形容されるのが普《ふ》通《つう》なのに、宮橋さんは美しかった。私たちと同じ白いセーラー服を着ているのに、まるで彼女だけ特別な衣装を着ているように見えた。

そんな美しい、姫《ひめ》のような女子が私に優しく微笑《ほほえ》みかけていたのだ。片方の耳だけイヤホンが刺《さ》さっている。その真っ赤なコードは、まるで耳から血を流しているように見えた。

「猫のおなかはバラでいっぱい」

リンリンと、透明《とうめい》の鈴が鳴るように宮橋さんは囁《ささや》いた。私はこのときはじめて宮橋さんの声を聞いた。鈴の音のような声は、私の胸の中にカラコロと音を立てて落ちていく。心臓が急に仕事をし始め、ドクドクと全身がやかましく叫びだす。

「それ、何色なの？」

何か会話を繋《つな》ごうとして無理やりひねりだした返答は突拍子《とっぴょうし》もないものだった。宮橋さんはくすくす笑った。現実にくすくす笑う人を初めて見た。そして、紫《むらさき》色だよ。と言った。トントンとアイポッドの上を、白魚《しらうお》のような指が跳《は》ねている。歌？　そういう歌があるのだろうか。

「ごめん、やっぱり保健室行く」

ぐいっと制服の袖《そで》を引っ張られて、私は我に返った。目の前には青い顔をした遥が頭を抱《かか》えている。

「付き添《そ》ってくれない？」

「う、うん」

そう言ってふらふら立ち上がる遥をかばうように、私は教室を後にした。

振り返ると、宮橋さんは両耳から血のように赤いコードをたらして、窓の外を眺《なが》めていた。

「宮橋と仲良いの？」

ふらふらしている遥は、小声でそんなことを聞いてきた。初めて会話した、と答えると、調子悪そうに遥は話し続けた。

「宮橋さぁ、空気読めないって言うか空気読まないって言うか、普段から浮《う》いてるけど急に何言いだしてんだろうな。ヒく。土屋たちかなりキレてたのわかった？」

「キレてた？」

「気がつかなかったの……。視線で殺す！　って言わんばかりにあんたたちのこと睨《にら》んでたよ」

ということは、そんな土屋さんたちの前から連れ出すために、遥は声をかけてくれたのだろう。遥は、口調こそぶっきらぼうだけれど、よく気の回るいい子だ。

「ありがと」

「私が過剰《かじょう》反応なだけかもしれないけどね。ともかく、宮橋は変だからあんまり絡《から》まないほうがいいよ」

保健室前までくると、遥はここでいいよと私から離《はな》れて保健室のドアを開けた。

「あの言い方じゃ、自分で猫の腹裂いて見たことあるみたいじゃん」

付き添いありがとう、と言って遥は部屋へ入っていった。

『猫のおなかはバラでいっぱい』

その日一日中、私の脳みそでは宮橋さんの囁きと頰笑《ほほえ》みがリフレインし続けた。


次の日は朝から小雨が降っていた。

あれから家に帰って調べてみたら、宮橋さんが言っていたのは昔の歌のタイトルだった。実際に聞いてみたけれど、歌詞の意味も分からない変な歌だった。こういう歌を聞くのかと思うと、ちょっと意外だった。でも、似合うよ、と賛同する自分もいる。というか、宮橋さんなら何でも自分に似合うようにしてしまう気がする。モデルが持つものが全てオシャレに見える原理で。

『猫のおなかはバラでいっぱい』

そう呟いた彼女の言葉が、私の脳裏に焼き付いて消えない。

まるでお酒を飲んでしまったような高揚感《こうようかん》が私の中で燃え続けている。ふわふわと足が地につかないような気持ちは、学校が終わって帰宅する最中までずっと続いていた。

いつもは遥と二人で帰るのだが、今日も頭痛が酷《ひど》いということで早退してしまい、私は一人だった。梅雨の時期はずっと頭痛との戦いらしいが、本当に大変だ。

だだっぴろい国道を道なりにずっと歩いていく。空は茶色に染まり、さらさらと霧《きり》のような小雨が降っていた。傘《かさ》をさすのも面倒《めんどう》だ、と私は折り畳《たた》み傘を閉じたまま片手に持って、ぼんやりと歩いている。

『猫のおなかはバラでいっぱい』

宮橋さんの言葉が脳内に響《ひび》いている。もしかしたら猫殺しの犯人もこの歌が好きで、だから本当にバラが入っているのかどうか確かめるために猫の腹を裂いているのかもしれない。でも、猫のおなかにはバラなんて入っていない。それが納得できなくて、何匹《なんびき》も腹を裂いている。なんて。

そこでふと遥が言っていた言葉を思い出す。

（あの言い方じゃ、自分で猫の腹裂いて見たことあるみたいじゃん）

もし猫を殺しているのが宮橋さんだったら。私は思い描《えが》く。

夜。薄暗い公園。あのキラキラ光るストレートの黒髪を揺《ゆ》らして。真っ赤な爪で握《にぎ》ったカッターナイフで猫の腹を。切り開く宮橋さん。

まさか。と私はそんな妄想《もうそう》を笑い飛ばした。そんなことで宮橋さんが犯人だと決めつけるなんて、土屋さんじゃないんだから。そういえば今日の土屋さんはなんだか妙にテンションが高かった。昨日猫が死んだのに、どうしてそんな風に振舞《ふるま》えるのか不思議だった。楽しそうで、ケラケラ笑っていて、私にも話しかけてきた。

（もう猫は死なないよ）

そりゃあ、死んだ猫はもう殺されることはないけれど。

宮橋さんはお休みだった。今まで気にしていなかったけれど、欠席することが多いらしい。いつものことだ、と遥が言っていた。

国道を抜《ぬ》けて橋に差し掛《か》かる。大きくアーチを描いた橋は歩道が広く、橋の真ん中まで歩いていくと、私は欄干《らんかん》に手をかけて川を見下ろした。ここ数日、小雨とはいえ雨が続いたから、水量が上がってきている。いつもは中洲《なかす》になっている場所も濁流《だくりゅう》に飲み込《こ》まれていてあとかたもない。空と同じ色をした茶色い川を、なんとなく見つめ続けた。水面を泳ぐ鳥は見当たらない。かわりに上流から流されてきた木の枝がちらちらと波の間から見えた。

そうやって水面を眺めていると、なんだか妙なものが流れてきた。

押《お》し流される流木と違《ちが》い、ゆっくりと、ぷかぷかそれは流れていた。ぼんやり白く光っている。丸くて、まんじゅうのようにも見える。でももっと光沢《こうたく》があって、喩《たと》えるならまぐろの腹のように……。

腹。切り開かれる猫の腹。バラが詰《つ》まっている猫の腹。宮橋さん。

もしかして、あれは宮橋さんなんじゃ？

霧のように降る雨を手で拭《ぬぐ》ってから、欄干に足をかけていっきに川を見下ろす。すると視界いっぱいに濁流が広がる。天気が悪いからか、いつもよりも早く周りが暗くなっていく。白いなにかは、川の底に生えている木かなにかに引っ掛かったのか、流されるのをやめた。ひらひらと流れに身を任せて揺れている。私は目を凝《こ》らしてじっとそれを見る。

白く見えるのは服だ。白いセーラー。私の高校の制服。

黒い髪。長い。

あ、顔が見える。

橋から川まではだいぶ距離《きょり》があって、私の視力がいいとしてもほとんど豆粒《まめつぶ》くらいにしか見えない。顔の判別なんてまずつかないだろうに、なぜだか私は確信していた。

あれは宮橋さんだ。

宮橋さんの、死体だ。

じゃぼん、と急に大きな水音がした。何かが川に落ちる音だ。しだいに強くなる雨を完全に無視して、私は辺りを見回した。いた。ざぶざぶと音を立てて、誰かが川へ入っていく。頭が黒く見える。多分、男の人だ。知り合いではないと思うが、やっぱり顔の見分けはつかない。男はざぶざぶと川の中を歩いて、宮橋さんの死体の場所までたどり着いた。男は宮橋さんの脇《わき》の下に手を入れて、後ろ向きに歩きだす。死体を引き揚げるつもりだ。宮橋さんは体を水面に浮かして、男に引っ張られていく。茶色の川に、黒の髪の毛がさわさわと揺れている。肌が白い。制服よりも青っぽく見える。

男は死体を引き揚げるのに成功した。水の来ないところで宮橋さんを寝《ね》かしているようだけれど、私と宮橋さんの間に男が立ってしまっていて姿がよく見えない。目を凝らすと、雨の雫《しずく》が目に入った。雨はどんどん強くなっているようだ。

男が宮橋さんから離れた。彼女は横たわっている。全身が青白く見える。制服を着ていないようだ。あれ？　ということは、裸《はだか》にされている？

目を凝らす。必死に目を凝らす。宮橋さんは裸だ。全裸の宮橋さんは、ぼんやりと光っている。男が帰ってきた。手には、大きな包丁を持っていた。

私は橋の欄干からずっとそれを見ていた。男が邪魔《じゃま》でよく見えなかったことが残念だった。

男が宮橋さんの身体に包丁を入れているのも、よく見えなかった。彼女のおなかを裂いているところも、よく見えなかった。

もちろん、彼女のおなかの中にバラがあったかどうかも見えなかった。

でも、男が包丁を引いた途端《とたん》、辺り一面がバラの匂《にお》いで溢《あふ》れかえったことは間違いなかった。

日が落ち切り、雨が本降りへと変わり、赤いパトライトが堤防《ていぼう》を覆《おお》い尽《つ》くして、バラの匂いがしなくなるまで、私はずっとそれを見ていた。

・

結局何もわからなかった。

宮橋さんのお別れ会は学校の体育館で行ったから、彼女がどこに住んでいたのかどんな家に住んでいたのかどんな家族に囲まれて育ったのか、私はわからなかった。

猫のおなか切り裂き魔は逮捕《たいほ》された。宮橋さんのおなかを裂いている現行犯で捕まっていた。噂《うわさ》どおり大学生だったそうだが、未成年だったということでどこの誰かはわからなかった。

私は結局猫の死体を見つけることはなかった。

どうして土屋さんが、大学生が逮捕されたときにわめき暴れて手首を切ったのかもわからなかった。

私が宮橋さんと会話したその日の夜に土屋さんが宮橋さんを呼び出していたという噂も知らなかった。

あいつじゃなかったんだ！　と泣き叫んでいた意味もわからなかった。

宮橋さんのおなかに何色のバラが咲《さ》いていたのかもわからなかった。

「梅雨明け来週だって。やっと元気になるよ」

遥はあっけらかんと笑っていた。私を励《はげ》まそうとしている気持ちは、痛いほど伝わっていた。

「世の中、何が起こるかわかんないね」

「世の中なんて、何が起こるかわかんないのが普通だよ」

わかったことはたった一つ。

私の初恋《はつこい》が終わった、ということだけだった。

［ 5分後に後味の悪いラスト ］

Hand picked 5 minute short,
Literary gems to move and inspire you

幽《ゆう》閉《へい》

戸末来辰彦

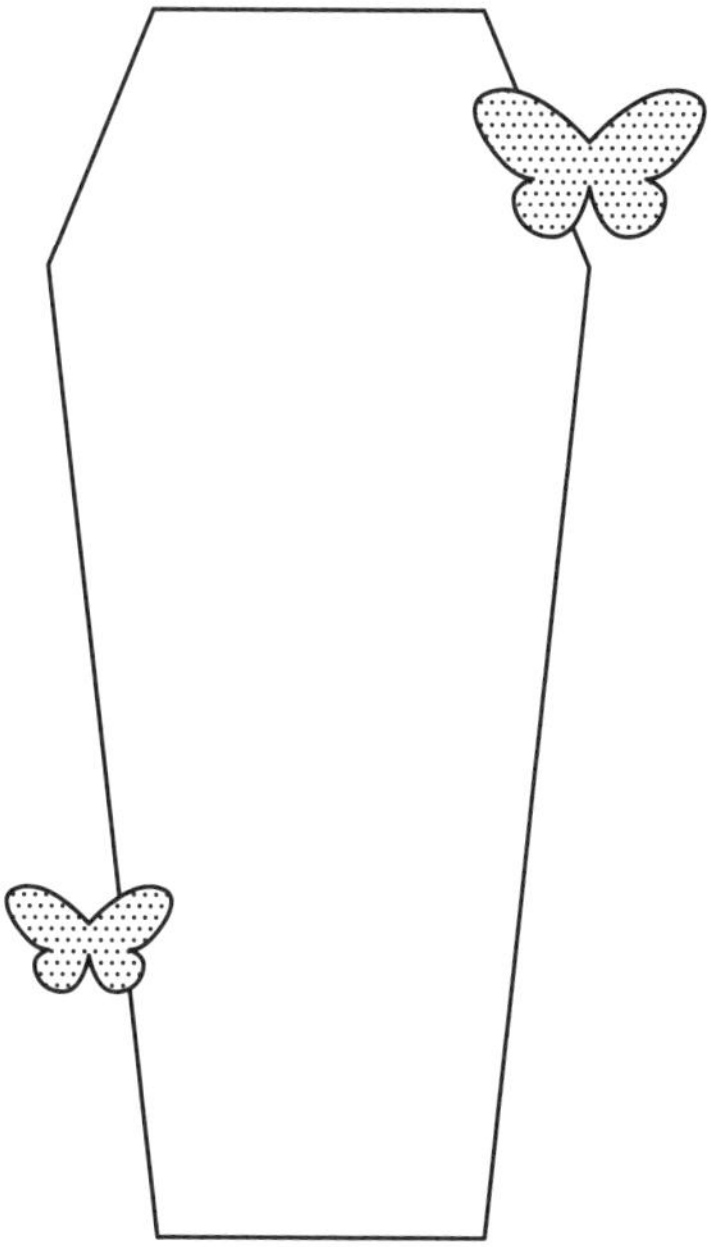

気がつくと、辺りは闇《やみ》に閉ざされていた。

どうやら、私は床《ゆか》にうつ伏《ぶ》せになって倒《たお》れていたようだ。

頭と背中、腰《こし》に鈍《にぶ》い痛みがあり、額に手を当てると血のヌメリを感じる。

私は数センチ先も見えない暗闇で、両手を床について体を起こし、身の回りを手探りで確かめる。

手を伸《の》ばした先には丸みを帯びた壁《かべ》があった。

壁に背を向け、もたれかかる。

ズボンのポケットからスマートフォンを取り出し、電源ボタンを長押《ながお》しした。数秒後、起動画面が暗闇に浮《う》かび上がる。

どうやらスマホは無事らしい。

フリック操作で、タッチキーを解除するとフラッシュライトを点灯させ周囲を確認する。

カメラ用のライトのため眩《まぶ》しくて目が慣れるまでに少し時間が掛《か》かった。

周りを照らして良く見ると、目の前に床から不気味に突《つ》き出た光沢《こうたく》のある壺《つぼ》のようなものが見える。

便器だ。それを見て自分の今いる場所がトイレだということを理解した。

朦朧《もうろう》とする頭を叱咤《しった》しながら少しずつ記憶《きおく》を手繰《たぐ》り寄せる。

オーストラリアからの出張帰り。

シドニーを朝の八時十五分に離陸《りりく》した飛行機は、あと一時間ほどで成田空港に到《とう》着《ちゃく》するはずだった。

搭乗《とうじょう》したボーミング七八七は、ＪＡＮＡの最新鋭《さいしんえい》旅客機で日本の技術が各所に導入された美しい機体だ。

もちろんトイレには日本のお家芸であるウォッシュレットが装備されている。

あの大きな揺《ゆ》れがあったのは、ちょうど私が着陸に備えて機内のトイレでゆっくりと用を足した直後だった。

ズボンを穿《は》いてベルトを締《し》め、トイレ内に備え付けの手洗い場で手を洗っていたその時。

昔、遊園地で乗った自由落下するジェットコースターのように自分の体がフワリと浮く感じがした。

お尻《しり》のあたりがゾワリとする。まるで無重力状態だった。

その後、機体は大きく左右に揺さぶられたのを覚えているが、直後、電気が消えて真っ暗になった。

数秒後、トイレの扉《とびら》辺りにオレンジ色の非常灯がともった。

私は身の危険を感じ、壁伝いにトイレから外に出ようとドアノブの方へと手を伸ばした刹那《せつな》、天地がひっくり返り、私の記憶もそこで途切《とぎ》れていた。

私はスマホのライトを頼《たよ》りによろよろと立ち上がり、トイレのドアを引いてみたがビクともしない。

見上げるとトイレの天井《てんじょう》から壁にかけて全体的に大きく歪《ゆが》んでいる。

ドアノブは回りはするが、ドアがひし形状に変形し、人の腕力《わんりょく》では到底開けられそうにない。

今の状況《じょうきょう》から判断して、私はどうやら飛行機事故に遭《あ》い、一人トイレに閉じ込《こ》められてしまったようだ。

このトイレには窓が付いているが、外も真っ暗で何も見えない。

私は何時間くらい気を失っていたのだろうか。

左腕に嵌《は》めたアナログ時計を見た。

時計の強化ガラスに入った亀裂《きれつ》の向こう側で午後十一時過ぎを指していた。時計の秒針は、規則正しく時を刻んでいる。

カレンダーの文字盤《ばん》には七日と表示されていた。ラッキーセブンが聞いて呆《あき》れる。

この便は、七夕《たなばた》の午後五時過ぎに成田に到着予定だったはずだから、墜落《ついらく》してから少なくとも六時間以上は経過していることになる。

スマホの通信状況を確認したところ、ステータスバーには奇跡《きせき》的に圏内《けんない》を示すアンテナバーが一本立っていた。

この機体は、一体どの辺りに落ちたのか。

オーストラリアからの飛行経路を考えると、おそらく日本の南の太平洋上のどこかだろう。

アンテナの受信状況から、日本の通信基地局がそう遠くない所にあるに違《ちが》いない。もしかしたら、小笠原《おがさわら》諸島付近に墜落したのかもしれない。

そうだ。スマホにはGPS機能がある。地図で現在位置を確認できれば、救出される可能性が高くなる。

私はスマホの画面に地図を呼び出しGPS機能をONにしたが、「現在位置を取得できません」と表示された。

何度試してもダメだった。墜落時の衝撃《しょうげき》でGPS受信機が故障でもしたのだろうか。

スマホのバッテリー残量に目をやり、慌《あわ》ててバックライトを消した。

残量を示す電池のマークは既《すで》に四分の三に目減りしていた。今後のことを考えると決して無駄遣《むだづか》いはできない。

私は回らない頭をフル稼働《かどう》させて、妻にメールを打つことにした。

電話で直に声を聞きたかったが、電力の節約のため仕方がない。

非常時、電話よりもまず電子メールが基本であることを、私は四年前の震災《しんさい》の時に学んだ。

電話という手段は、通信負荷が大きいため特に非常時の通信には適さない。

私は、自分が無事であることを伝える簡潔なメールを妻宛《あて》に送信した。

数分後、妻からメールが届いた。

From Miyuki
あなた、今どこにいるの?

続けて妻と短いメールのやりとりを繰り返す。

From Takashi
わからない。飛行機内のトイレに閉じ込められているようだ。

From Miyuki
あなたが無事でとても嬉《うれ》しいわ。娘《むすめ》のまりあもパパの帰りを心待ちにしているわ。

From Takashi
私が乗っている飛行機がどこに不時着したのか全く分からない。

From Miyuki
海上保安庁や自衛隊の方々がたくさん動員されて、あなたの飛行機の行方《ゆくえ》を追っています。もう少しの辛抱《しんぼう》よ。必ず見つけてくれるはずです。

From Takashi

分かった。また連絡《れんらく》する。

私は、取りあえず待つしかないと思った。
頭の奥《おく》が痺《しび》れるように痛い。
疲《つか》れてきたので、今日はもう眠《ねむ》ることにした。

次の日も、また暗闇の中で目が覚めた。
人間は、太陽の光を浴びないで生活すると、一日に十分ずつ体内時計が狂《くる》うという。
私の体内時計も段々とずれてゆくのだろうか。
身を起こし、壁にもたれながら妻にメールを打った。

From Takashi
隆志《たかし》だ。まだ救援《きゅうえん》は来ない。

From Miyuki
あなた。頑張《がんば》ってください。警察にあなたからメールがあったことを伝えました。
みなさん、一生懸命《けんめい》飛行機を探してくれています。あともう少しの辛抱です。

私は次の日もまたその次の日も、妻にメールを入れて無事を知らせた。

妻からも、私を懸命に励《はげ》ますメールが毎日送られてくる。

スマホのバッテリー残量はあと半分。

私は待機電力を節約するため、メールの送受信は一日一度に制限し、それ以外はスマホの電源をＯＦＦにすることに決めた。


意識が戻《もど》ってからとうとう一週間が経った。

眠くなれば寝《ね》て、起きている時は壁に寄り掛かって座る。

一日に一度スマホに電源を入れ、妻から来たメールを読み、また妻にメールを打つという繰り返しが日課となった。

真っ暗な闇でこうしてじっとしていると、自分が生きているのか死んでいるのかさえ、分からなくなってくる。

ここ数日、食欲も感じない。人間は生死の狭間《はざま》の極限状態になると、だんだん空腹を感じなくなるらしい。

唯一《ゆいいつ》の救いは毎日トイレ内の手洗い場で蛇口《じゃぐち》を捻《ひね》ると水が飲めることだった。脱《だっ》水症状《すいしょうじょう》が続くと命取り。昔、アウトドアの雑誌でそんな記事を読んだことを思い出し、水分は欠かさず補給した。

また、幸か不幸かトイレが身近にあるので排泄《はいせつ》物の処理には困らず、周囲の衛生状態も比較的《ひかくてき》清潔に保たれている。

長期にわたる体の不衛生は、皮膚《ひふ》病や呼吸器系などにも悪影響《あくえいきょう》を及《およ》ぼすことが多いらしい。

その昔、幽閉されて命を落とした人々の中には、単なる衰弱《すいじゃく》死だけでなく不衛生による感染症で亡くなる人も多かったと聞く。

風呂《ふろ》には入れないが、我慢《がまん》しよう。

私は気が遠くなるほど、救援を待ち続けた。

そして救援が来ないことに少しずつ焦《あせ》りを感じ始めた。

私はこのまま死ぬのだろうか。妻と幼い一人娘を残して。

食料を確保するため、トイレのドアを何とかこじ開けようと何度か試みたがどうにもならない。

トイレから外部の音を察する限り、機内の他の乗客達が無事かどうかも怪《あや》しくなってきた。

機内は気味の悪いほど静寂《せいじゃく》に包まれており、私以外はほぼ絶望的なのかもしれない。

その後も、私は来る日も来る日も妻にメールを打ち続けた。

しかし、私の意識が戻ってから十五日目に、妻からのメールの返信がプツリと途絶えた。

私の焦りはさらに募《つの》った。

スマホのバッテリーは残り四分の一。そう長くは持たないだろう。

妻の身に何かあったのだろうか。心労が重なって倒れたのだろうか。

それとも、自ら捜索隊《そうさく》に協力して多忙《たぼう》を極めているのだろうか。

私は決して諦《あきら》めない。残された妻子のために生き延びねばならない。

日に日に体が衰弱していくのを感じながら、私は毎日一通ずつ妻にメールを打ち続けた。


意識が戻ってちょうど一か月後。いつものようにスマホを起動した際、静寂に沈《しず》むこの密室に久々にメールの着信音が鳴り響いた。

少し気を許すだけで、意識が朦朧としてくる。

私は最後の力を振《ふ》り絞《しぼ》って、震える手でスマホを操作し届いたメールを霞《かす》んだ目で追った。

「隆志。我が息子よ。

さぞ辛《つら》かったろう。よくここまで頑張った。

私はお前を誇《ほこ》りに思う。

美由紀《みゆき》さんは、今、心を病んで入院している。

近頃《ちかごろ》、美由紀さんの様子がおかしいので、私と母さんで彼女を説得してそうさせてもらった。


隆志よ。お願いだから、もう美由紀さんにメールを打たないでくれ。彼女をいい加減おまえの呪縛《じゅばく》から解き放ってあげて欲しい。


きっと、おまえは自分の死に気付いてはいまい。

おまえの乗った飛行機は、ちょうど一年と一か月前に太平洋上空で消息を絶ち、今もまだ行方不明のままだ。

そして今日、飛行機の捜索打ち切りの発表があった。

隆志よ。お前の愛娘《まなむすめ》の写真を送る。どうか、安らかに眠っておくれ」
添付《てんぷ》された写真には、
少し背が伸びたまりあがこちらを向いて微笑《ほほえ》んでいた。
彼女の背後には、私の遺影が飾《かざ》られていた。

［ 5分後に後味の悪いラスト ］

Hand picked 5 minute short,
Literary gems to move and inspire you

赤の記《き》憶《おく》

快紗瑠

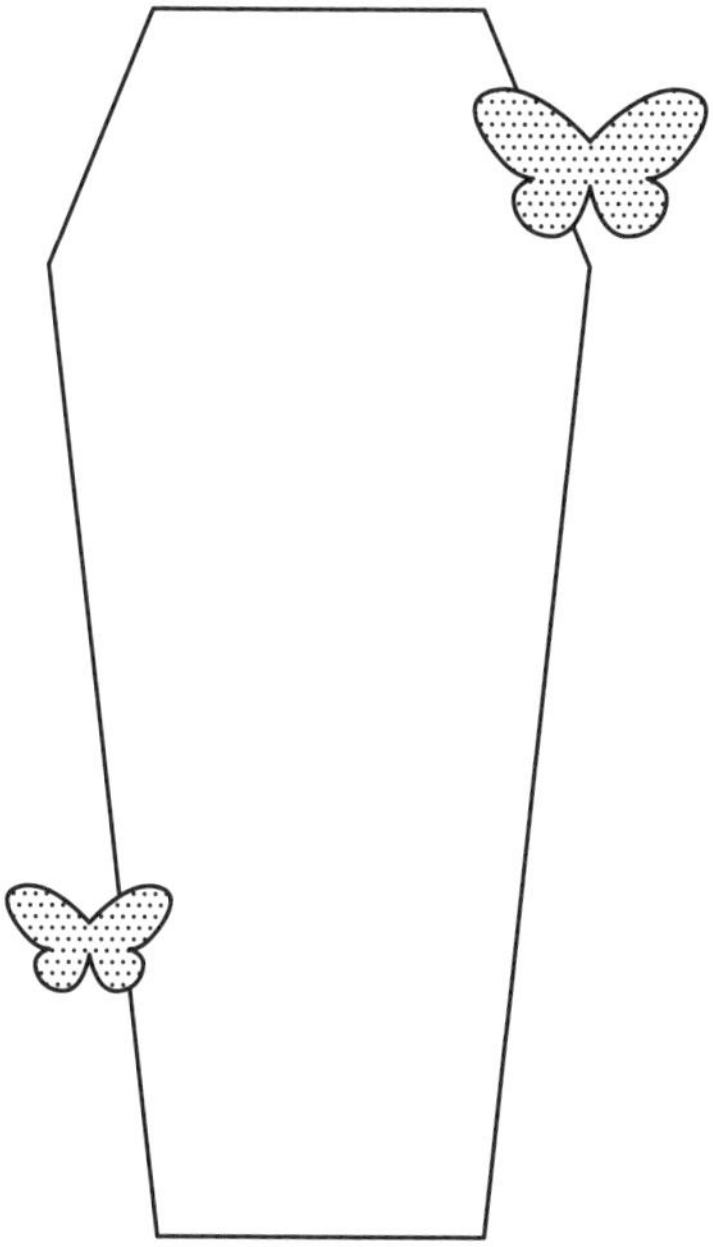

「おめでとうございます。四週目ですね」

清潔そうな白衣に身を包んだ女医が穏《おだ》やかな笑顔を浮《う》かべてお祝いの言葉を伝えてくれた。

あぁ。

このお腹の中に大切な我が子が宿っているんだ。

まだ悪阻《つわり》もなく、お腹もペタンコなだけに、中々実感が湧いてこないけれど、それでも先生の一言で、ここに夫と私の愛の結晶《けっしょう》がいるのだと思うと、ジンっと胸に温かいものが込《こ》み上げて来る。

女医はモニター画面にエコーの画像を映しながら、柔《やわ》らかな口調で話を続ける。

「ほら。ここ。ここに小さな黒い点があるでしょう？　これが胎嚢《たいのう》……つまり、子宮内膜《ないまく》に受精卵が着床《ちゃくしょう》することによって作られる赤ちゃんを包んでいる袋《ふくろ》なの」

診察《しんさつ》台の上からモニターを見上げると、小さな黒い点の部分にマルがつけられた。

こうやって視覚的に教えられると、なんとも感慨《かんがい》深い。

目頭が熱くなり、ジワリと涙《なみだ》が溢《あふ》れ出て来る。

こういうのが幸せを噛《か》みしめるっていうやつなのかなぁと思っていると、聖母のような微笑《ほほえ》みを湛《たた》えた女医が、今度は私を奈落《ならく》の底へと突《つ》き落とした。

「しかも、立波《たつなみ》さん。おめでたダブルですね」

彼女の言葉が何を言っているのか分からなかったが、次の言葉で私は凍《こお》り付いた。

「ほら、ここ。ここにも胎嚢があるでしょう?」

再びマル印がつけられる。

「二つあるということは二人、お腹の中にいるってことなの。一卵性の場合は胎嚢が一つだけで、今の段階ではまだ分からないから、立波さんのお子さんは二卵性の双子《ふたご》ね」

「ふた……ご……」

唇《くちびる》を震《ふる》わせて呟《つぶや》く私を見て、一人でも大変なのに、一度に二人も出産するということに不安を感じているのだと思ったのだろう。

「大丈夫《だいじょうぶ》ですよ。双子妊娠《にんしん》は喜び二倍、不安は四倍とよく言いますが、わたくしたちもしっかりとサポートしていきますから。元気な赤ちゃんを産みましょう」

励《はげ》ましてくれる女医の言葉は既《すで》に聞こえなかった。

あれから、一体、どうやって診察台を降り、どうやって帰宅したのかも分からないけれど、喜びに満ちた妊婦の顔ではなかったと思う。

ときおり耳に入る心配そうな声は看護師のものなのか、それとも電車に乗っている時に、顔色の悪い私を心配した見知らぬ方のものなのかは定かではない。

とりあえず、なんとか無事に家には辿《たど》り着いた。

仕事から帰って来た夫に妊娠の報告をすると、物凄《ものすご》く喜んでくれたことで、ようやく正気を取り戻《もど》すことが出来た。


そうよ。

双子を妊娠することなんて、何もおかしいことはないわ。

私の母親だって、そうだったんだし。

遺伝的なものもあるっていうし。

別に気にすることはない。

あのことは誰《だれ》にも知られていないし、知られてはいけない。

『ゆりかごから墓場まで』

どっかの国が掲《かか》げたスローガンのような美しい内容ではないが、この世に生まれてこれた時点で、墓場まで持って行かなければならない私だけの秘密。

私の胸だけに秘めていれば、絶対にうまくいく。

お腹の中の子も私も。

きっと幸せになれるはず。


けれど人生。

そうはうまくいかない。

因果応報《いんがおうほう》とでもいうのかしら。

それとも、これが血のなせるわざとでもいうのかしら。

順調に育っていた我が子に異変が起きたのは、安定期もとうに過ぎた八カ月目。

性別も男の子と女の子だと分かり、夫は跡継《あとつ》ぎが出来たと喜び、私はどちらの子も可愛いと笑い合っていたところだった。

急に差し込むような痛みがお腹に走った。

妊娠後期には下腹部の鈍痛《どんつう》があるということは聞いていたし、実際、そういった痛みは時々あったけれど、常にお腹が張った状態なのであまり気にしていなかった。

けれど、こんな突き刺《さ》すような痛みは初めて。

額に脂汗《あぶらあせ》をかき、体を丸めて早く痛みが治まるのを待っていたのだが、突然、お腹の中で何かが暴れているような気配と共に、ドクッと出血した。

半狂乱《きょうらん》で叫《さけ》ぶ私。

慌《あわ》てて私を抱《だ》きかかえ、スマホで病院に連絡《れんらく》をする夫。

夫婦で赤ちゃん教室や産婦人科に通っていたこともあり、胎児よりも先に胎盤《たいばん》が子宮の壁《かべ》から剝《は》がれてしまう胎盤早期剝離《はくり》や切迫《せっぱく》早産を懸《け》念《ねん》した夫は、電話に出た看護師の指示に従って、急いで車を出し産婦人科へと向かった。

痛みで唸《うな》り、冷や汗をかく私を抱きかかえて診察台へ運んでくれる。

すぐに診察が始まる。

切羽詰《つ》まった表情だった女医の顔に悲壮《ひそう》感が漂《ただよ》っているのが分かる。

何の言葉も発せられず、大きく目を見開いたままモニターを見つめる女医に、痺《しび》れを切らした夫が尋《たず》ねた。

「先生……子供は……。僕達の子供は大丈夫ですか?」

女医から発せられる雰囲気《ふんいき》から、あまり状況《じょうきょう》はよくないことを察した夫の声は震えていた。

逆に、出血した時は取り乱していた私は、ここに来てやけに冷静になっている自分に気が付いた。

それは、女医がこれから宣告する言葉を既に理解していたからなのかもしれない。

彼女は申し訳なさそうに目を伏《ふ》せた。

「残念ですが……。男の子の首に臍《へそ》の緒《お》が絡まっていまして……」

「え……」

「このままでは、もう一人の命にも関わります」

「ちょ、ちょっと待ってください！　臍の緒が絡まっただけなら、それを取ってしまえば……」

「いいえ。既に、心音は停止しています。生きている命を優先すべきです」

その言葉で看護師達が手際よく、私をストレッチャーに乗せる。

一つの命を失い、むせび泣く夫の姿を目にして胸が張り裂《さ》けそうだが、それでいて、今、このお腹の中に残っている子に対して、恍惚《こうこつ》とした気持ちが湧《わ》き出でる。

あぁ。
この子も。
この子も私と一緒で罪深い子。
でも仕方がない。
いつの世も。
どんな生物でも、弱肉強食。
自分にとって脅威《きょうい》となる存在は、早いうちにその芽を潰《つぶ》すに限る。
特に。
跡取りだともてはやされるような相手であれば尚更《なおさら》――
「あなたはもう、外の会話が聞こえているのね。きっと、したたかな子になるわね。
私のように……」

意識が途切《とぎ》れる前。
遥《はる》か昔に見た、真っ赤な景色と、聞こえる筈《はず》のない小さな悲鳴。
そして、光の下に出た時から、母がやたらと私を甘《あま》やかしてくれたことを思い出した。
「あぁ。きっと、お母さんも……」
きっと私も、これから生まれて来る愛する赤ちゃんのことを愛してやまないわ。
だって。
血を分けた子供であり。
愛する家族であり。
同じ秘密を持った『仲間』でもあるのだから。

［ 5分後に後味の悪いラスト ］

Hand picked 5 minute short,
Literary gems to move and inspire you

【え？ 趣味《しゅみ》ですか？ 妄想《もうそう》ですが】

★にいだ★

一

俺の名前は、長谷部安夫《はせべやすお》。

しがない（？）公務員だ。

俺には……『誰《だれ》にもいえない秘密の趣味』が有る。

それは……

『妻を殺す方法』をあれこれと『妄想』すること。


俺の妻、恭子《きようこ》はいわゆる、オニ嫁《よめ》だ。

元々、職場の上司が世話して来た縁談《えんだん》話を俺は断ることができず、お見合いをして気付いたら結婚していた。

恭子は新婚《しんこん》当初こそ、従順なソブリを見せていたものの、月日が経つにつれ徐々《じよじよ》にその『本性』を現し始めた。

家事をほとんどやらず、何かと言えば、文句ばかり言って、場合によっては暴力を振《ふ》るう時も有る。

俺は……

何度も離婚《りこん》を考えた。

が……

それだけは、彼女にとって、どうやら『屈辱《くつじょく》』らしく……

「いいい!?

私は絶対に離婚しないからね。どうしても別れたいんなら、裁判起こして慰謝《いしゃ》料請求《せいきゅう》してやるから！」

と、息巻いた。

まあ、妻に強く言えない俺にも問題は有るのだが……

そういう訳で、
俺はいつしか、暇《ひま》な時間が出来ると、恭子を殺す方法をあれこれと妄想するようになった。

（もちろん、あくまでも妄想での話だ）

刺殺《しさつ》、撲殺《ぼくさつ》、絞殺《こうさつ》、毒殺……

そして……

その妄想をしている間の時間は、俺にとっての『安らぎの時間』となり……

妄想をすることこそが、俺にとっての『趣味』となっていった。


さて。

そんな、ある晩の仕事帰り……。

俺が妻には内緒《ないしょ》で、とあるバーで一人、安酒を飲んでいると……

偶然《ぐうぜん》、カウンター席の隣《となり》に座った一人の男と、妙《みょう》に意気投合して仲良くなった。

男の名前は、鈴本《すずもと》。

サラリーマンだと言う。

俺と鈴本は、酔《よ》いも手伝ってか、話題の内容が徐々にお互《たが》いの妻の悪口大会へと変わって行った。

すっかり安酒に酔っ払《ぱら》った俺は、

「ああ……妻が死んでくれればいいのになぁ……」

と、思わず冗談《じょうだん》めかして言ってしまった。

すると……

「おや？　あなたもですか？」

と、やはり酔って赤ら顔の鈴本が口を開いた。

何でも……

彼には、若い愛人がいて、妻が凄《すご》く邪魔《じゃま》な存在なのだと言う。

（こんな話、普通《ふつう》は初対面の人間にはしない、とは思うのだが……酔いのチカラがなせるワザだったのかもしれない）


それから、俺と鈴本は……

何度か会って安酒を酌《く》み交わした。

そして、会うたびに……

「ああ……妻が死んでくれればいいのになぁ……」
と、冗談めかして語り合った。

しかし、いつしか……
その冗談が……
マジメな『願望の話』へと変わっていき……
かくして（?）……
俺と彼の間に……
『交換殺人《こうかん》』の話が出始めるようになる。
俺が鈴木の妻を……
鈴本が俺の妻を……
それぞれに殺害し、
自分の妻の殺害時刻には、お互い完璧《かんぺき》なアリバイを作っておこうと言うのだ。
今にして思えば、何とも短絡《たんらく》的な発想だとは思うが……

日《ひ》頃《ごろ》から常に妻の殺害を妄想し続けていた俺は、
思わずその話に乗ってしまったのであった。

そして話は、とんとん拍子《びょうし》に前に進み……

ある晩、お互いの妻の顔写真（交換殺人で自分が殺す相手の顔写真）を『見せあいっこ』しようということになった。

で……

鈴本の妻の顔写真を見た俺は、

「あっ！」と、思わず驚《おどろ》きの声を上げてしまった!!

その写真に写っている女性（鈴本の妻）……

ま、紛《まぎ》れもない！

俺が十年ほど前、まだ高校生だった頃……

当時、学校のマドンナ的存在だった美人女生徒、
吉山令子《よしやまれいこ》その人だったのである！
（現在は『鈴本令子』）

当時、
俺は、美人で評判の令子にすっかり『お熱』だったのだが……

令子は、俺より学年が一つ下の後輩《こうはい》……

いくら同じ高校といえども、クラスも学年も違《ちが》えば、会話する機会なんてほとんどなく、
結局、俺は彼女と一言の会話すらできず高校を卒業してしまった。

（在学中、俺は令子にバースデイ・プレゼントを贈《おく》ろうとしたのだが、誕生日すら分からないまま卒業してしまった）

その後、風の噂《うわさ》で……

令子は、俺と同様に公務員の道に進んだと聞いていたが……

（現在、鈴本と令子は共稼《ともかせ》ぎをしているという話だ）
まあ、それも十年も昔の話……。
今となっては……
令子を殺害することに、俺は何の躊躇《ちゅうちょ》も感じていなかった。

二

かくして……
『犯行計画』当日の日曜日。
予定通り、俺は鈴本邸《てい》を訪れた。
俺の『計画』は、
外回りのセールスマンに化けて鈴本邸に侵入《しんにゅう》し、
持参したナイフで令子を刺殺した後……
『モノトリの犯行』に見せかけるため、家中を荒《あ》らしてから、逃《に》げ去る……

というものだった。

今頃……

鈴本は、どこかに外出してアリバイを作っているハズ……

家の中は、妻の令子独りきりのハズだ。

「どうせ、彼女は俺の顔なんかとっくに忘れてしまっているに違いない……。まあ、そうでないと、この『計画』も何かと、やりづらいってもんだしな」

鈴本邸の門の呼び鈴を鳴らしながら、俺はそんなことを考えていた。

「はーい。どなた?」

家のドアが開いて令子が顔を出した。

「あのー私、○○保険の者ですが……」

と、俺が言いかけた……その時である!

「わぁ! 長谷部先輩じゃないですか!!」

令子が満面の笑みで大声を張り上げたではないか!!

「え?」

俺は、あまりの予想外の展開に驚きを隠《かく》せずにいた。

「私ですよ！　同じ高校だった吉山です！　今は、結婚して鈴本ですけどね。お久しぶりです！　先輩！」

「え？　よ、吉山君？

も、もしかして……俺の高校の後輩とか？」

(ここは、トボケルしかないでしょ)

「そうですよぉ！　先輩！　私、一つ下の後輩ですよ！」

「で、でも……

いくら同じ高校だったからって、学年が違ったら会話すらしたこともないハズじゃ……」

「え⁉︎

何、言ってるんですか！

長谷部先輩って高校の時は生徒会長で、その上、野球部のエースで、学校中の女子達の憧《あこが》れのマトだったんですよ！　私だって憧れてたんですから！」

「……へ？」

「あの頃、学校で長谷部先輩の顔を知らない女子なんか、一人もいませんでしたよ!!」

あ……。

そ、
そうだったかも……。

「お久しぶりです！」

先輩！　十年ぶりですよね！」

う……。

け、計画が……

狂《くる》った。

「さ、さ！　家の中に入って下さい！　昔の話でも、しましょうよぉ！　今、主人、ちょうど（?）留守なんですよ！」

「う、うん……ありがとう」

と、俺は令子の家へと招き入れられ……

居間で、紅茶をごちそうになり昔話に興じた。

やっぱ、令子……

綺麗《きれい》だなぁ……。

と、俺は改めて令子に見とれた。

（おい、『計画』は、どうするんだよ！）

しばらく、話をした後……

令子の表情が急に曇《くも》った。

「ところで……先輩。こんな所で話すのは、何ですけど、私の今の主人（鈴本）……浮気《うわき》してるみたいなんですよ」

「は？」

「実は、ですね……。

今日、私の誕生日なんですよ。それなのに、あの男……私のことほっぽらかして、外に遊びに行っちゃって……きっと、浮気相手と会ってるんですよ！

ヒドクないですか!?」

そうか。

今日は、令子の誕生日だった……。

そういや……俺、学生時代に彼女にバースデイ・プレゼントをしようとしたことが有ったっけなぁ。

結局、誕生日分からなくて、プレゼントできないまま卒業してしまったけど。

って言うか、鈴本さん！

アナタ、浮気してるのバレちゃってますよ⁉（汗）

「私も……

先輩と浮気しちゃおっかな……なぁんてね。あ、ジョウダンですよ」

と、令子は寂《さび》しそうに笑った。

「……」

その時！

俺の心が大きく揺《ゆ》れ動いた。

よ！　よし！

ここは『計画変更《へんこう》』と、行こうじゃないか！
俺は、大胆《だいたん》と言うか無謀《むぼう》にも令子に新たな『交換殺人』の話を持ち掛《か》けた。
今度は……
俺が令子の夫、鈴本を殺害し……
その代わりに、令子が俺の妻、恭子を殺害して……
晴れて、二人で一緒になろう、
という計画だ。
こ、こうなったら！
何でも（?）アリ!!
「……先……輩……」
俺の交換殺人の計画を聞いた令子は……
少し、間をおくと……
こう、言った…………。
「あなたを……

タイホします！！！！！」

「……へっ？？」

俺は……
ちょっとの間、ぽかーんとした。
「も、もしかして……
君が高校卒業後に就職した『公務員』って………警察官？」
「そうですよ……あれ？
私、高校卒業した後、公務員になったなんて……さっき、先輩に話しましたっけ？」

令子がケゲンな表情で答えた。

「とにかく！　長谷部先輩！　あなたをタイホしますっ！」

うっ。
ま、またもや、
け、『計画』（？）が狂った……。
（ど、どんな計画だよ！）
え！　ええいっ！
こ！　こうなったら！
ヤケクソだっ!!
『当初の』殺人計画の通りに、令子をっ！
と！　俺は、
本当に無謀にも！

ナイフを取り出し、令子に襲《おそ》いかかった!!

「せ、先輩！　な、何するんですか!?」

「うるさいっ!!」

とっ！

襲いかかった俺の体を！

令子は『ヒラリッ！』と、よけ！

「たぁーっ!!」

と、逆に俺は令子に一本背負いを食らい、その場にノビてしまった！！！

「うっ……」

薄《うす》れ行く意識の中……

俺は………

ぼんやりと、令子の言葉を聞いた……。

「やったーっ!!

先輩をタイホして、今月の検挙率の目標達成ぇーっ！！！

思わぬ！

『バースデイ・プレゼント』ですーっ‼」

三

と……

まあ、時にはこんな手の込《こ》んだ『妄想』をすることも、たまには、有る。

そう。

今のは、全部、俺……長谷部安夫が頭の中で考えた『妄想』の一つだ。

え？

いつの間にか、

『妻を殺す妄想』が、

『警察にタイホされる話』に変わってしまっているじゃないか……だって？

そりゃあ、同じタイホされるんなら、学生時代に好きだった女の子にタイホされる妄想の方が、断然良いに決まってるじゃないか。

そう。

最近の俺の『誰にもいえない秘密の妄想』には……

『妻を殺害したことで、学生時代に憧れていた吉山令子にタイホされる妄想』ってのも、加わってるんだ。

まあ……今、紹介《しょうかい》した妄想の中では

俺は、妻の恭子を自分では手を下さずに、鈴本っていう架空《かくう》の人物に殺害させる訳だけど。

だから、令子が婦人警官だってことも、俺が高校時代に生徒会長で、野球部のエースで、学校中の女子達の憧れのマトだったってことも、もちろん、全部、俺が頭の中で考えた、根も葉もない『妄想』って訳（笑）。

ヒヒ……

ヒヒヒヒヒ……。

今……

彼の手には……

包丁が、握《にぎ》られていた。

そして、彼の、目の前には……
血まみれの彼の妻、
恭子の死体が、
静かに、
横たわっていた。

彼が、
警察にタイホされるのも
時間の問題だろう……。

「ヒヒ……ヒヒヒヒヒ……。
令子ぉ、早く俺をタイホしに来てくれよぉ」

［ 5分後に後味の悪いラスト ］

Hand picked 5 minute short,
Literary gems to move and inspire you

おしえて、ママ

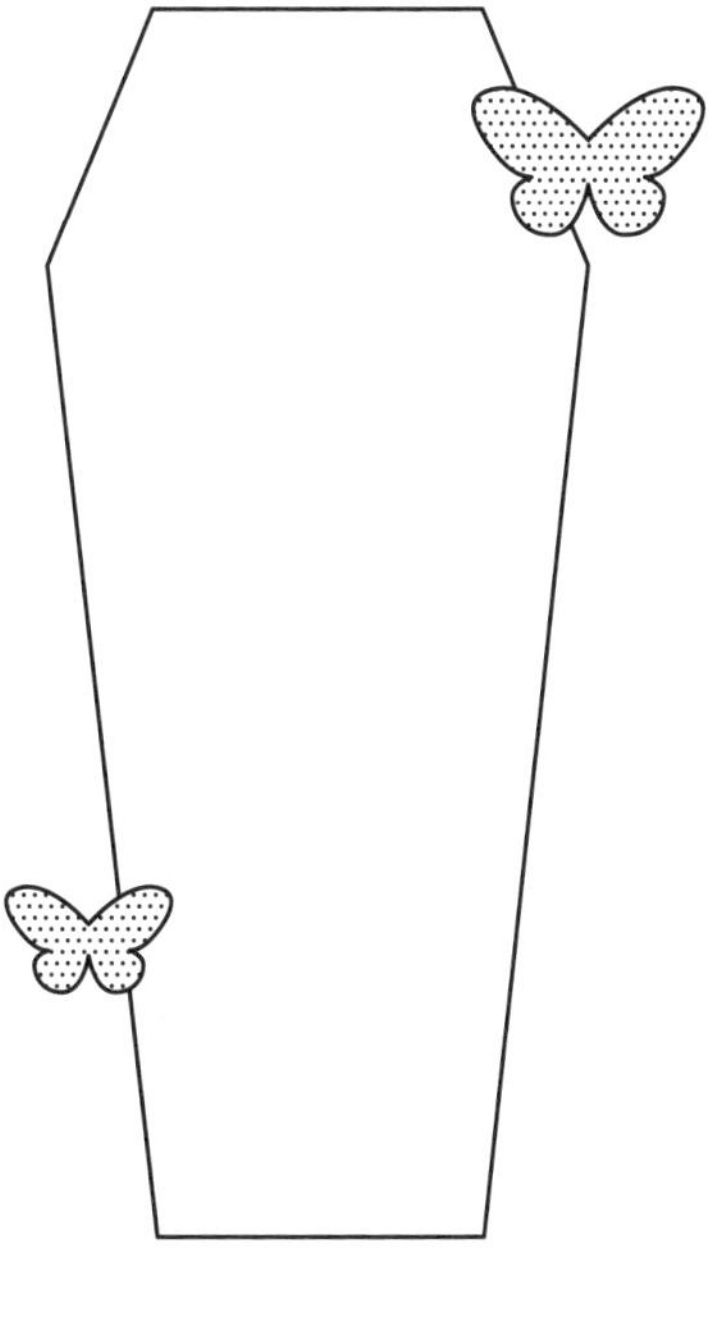

清水誉

ねぇママ。

今日ね、ママの所へ来る時に幼なじみの沙織《さおり》と道でばったり会ったの。沙織ったら、子供を抱《かか》えて服もみっともないヨレヨレのものを着て、何だか哀《あわ》れだったわ。

私はママが教えてくれた通り、子供はまだ作ってないから自分を十分磨《みが》いてるわ。だから綺麗《きれい》でしょ？　ママ。

ママが私のことを褒《ほ》めてくれるから、私ずっと頑張《がんば》れたの。

お稽古《けいこ》も、ママが教えてくれたものを選んで通ったら書道もピアノも剣道《けんどう》も英会話も水泳も全部賞を取れる所まで行けたわ。

ママ、本当にありがとう。

ねぇママ、覚えてる？

大学受験の時、私が行きたい短大があったよね？

でも、ママは短大なんか出たらカッコ悪いから国立大学へ行きなさいって言ってくれたわ。

だから、私頑張って合格できた。

途中《とちゅう》で、男友達や好きな人も出来たけど、ママが全部調べてくれて、私が悲しむようなことにはならないように守ってくれたよね。

ずっと綺麗な体でいられたのも、ママのおかげ。

就職も、ママがずっと一緒《いっしょ》に面接まで付いてきてくれたから、あんなにいい会社に就職出来たんだわ。

その後も、ママが私を守ってくれて、変な男からのプロポーズは全て断ってくれた。

ママは何でも知ってたわよね。ママの言う通りにすればいいのよ、って言ってたけど、本当ね。

だから私、完璧《かんぺき》な女性でいられたわ。

でも……ママ、ごめんなさい。

ママの言うことを聞かないで、彼と結婚《けっこん》してしまったこと、本当にごめんなさい。

ママの言いつけに背いたのはこれが最初で最後だったわ。

それでもママは私を許してくれたのに、私、またママの言いつけを破ることになりそうなの。

ママは、世間体が悪いから離婚《りこん》はするな、って言ったよね？

一昨日《おととい》、彼が離婚しよう、って言ってきたわ。

私、どうしていいのか分からなくて、ママに聞きに来たの。

……あぁそういえばもうこの話はママに言ったわね。混乱して、また話してしまったわ。


ねぇママ、私どうすればいい？

ママの言うとおりにするわ。

さっきもそんな恥《はじ》を晒《さら》すなら死んだ方がまし、って言ったから、ママの言う通りにしたでしょ？

ママ、私言う通りにするから。

起きて。ママ。

ねぇママ。

教えて、ママ…

ママ…

ママ…

ママ…

［ 5分後に後味の悪いラスト ］

Hand picked 5 minute short,
Literary gems to move and inspire you

百薬草～赤か青か

五丁目

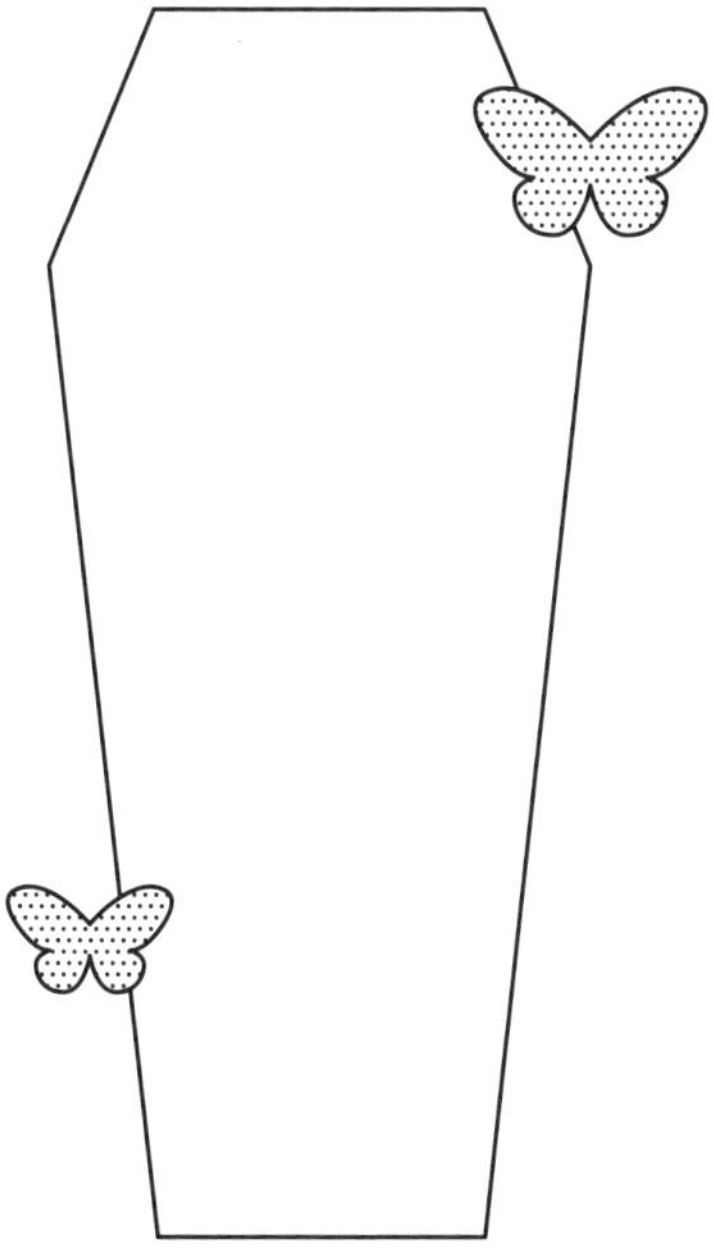

有沢弓香《ありさわゆみか》はスマホを見つめたまま、絶望していた。

今日は仕事早く終わるから、先帰ってシチュー作って待ってるよ……

晃《あきら》から来たメールはお昼過ぎ。弓香も今日はバイトを入れてなかったから、シチューを楽しみに、大学からまっすぐ部屋に帰って来た。なのに。部屋にはシチューの香りどころか、晃の姿もなかった。

買い物してるのかな？　弓香はしばらく待ってみた。けれどメールの一つもない。私、先に帰って来たよ。メールを送ったけれど、返事もなかった。

晃の職場は様々なトラブルに悩《なや》む若者の相談を受け支援《しえん》するＮＰＯだ。弓香も何度かオフィスにお邪魔《じゃま》したことがある。弓香が電話をすると、晃君ならもう三時間前に帰ったよと告げられた。

夕方は加速度をつけて闇《やみ》を降ろし始める。明かりを点《つ》けることさえ忘れた部屋は、不安ばかりが充満《じゅうまん》して、スマホの画面の明かりだけが弓香の壊《こわ》れそうな顔を頼《たよ》りなく照らしていた。

晃は、弓香の救世主だった。

順風満帆《まんぱん》で大学を卒業するはずだった弓香の生活を狂《くる》わせ始めたのは、一人のストーカーだった。追い打ちをかけたのは、バイト先でのセクハラ。店長とバイトチーフがグルになって、レイプされかけた時のことは今でもトラウマになっている。

卒論を仕上げる大事な時期だった。弓香は卒論を棒に振《ふ》った。外出が出来なくなって単位も取れず、留年が決まった。

親に顔向け出来ない。いっそ、死んでしまいたい。どん底に堕《お》ちていた弓香を救ったのが、晃だった。晃はゼミで一緒《いっしょ》だった。優しくて、よく弓香の調べ物を手伝ってくれた。ストーカーの相談にも乗ってくれて、ボディガードを買って出てくれた。

泣きながら電話した夜、これから行くと言ってくれた。君が好きだと言ってくれた。優しいキスをして、抱《だ》きしめてくれた。

晃がいてくれなかったら、弓香はもうこの世にはいなかっただろう。笑えるのも、呼吸しているのも、みんなみんな、晃のおかげ。晃が弓香の全てだった。

その晃が、消えた。

スマホの明かりが消える。触《ふ》れて、また点ける。やがて電池が切れて、無情な音と共にその明かりも消えた。それでも弓香は、足の指先一つ、動かすことが出来ずにいた。

もう少し。もう少し待てば、彼は帰って来てくれる。必死でそう信じようとする気持ちと裏腹に。

今すぐ死んでしまおうという考えがぐるぐる回って、時計の針の代わりに、ぽたぽたと落ちる涙《なみだ》が時を刻む。何も出来やしないスマホを、メールが来るのではないかと思って手放せずにいた。

この闇の中で独りなら、生きていても死んでいても同じだ。死んでしまおうと十二回目に思った時、ふと、頭を撫《な》でられる感触を感じた。

晃っ!? 驚《おどろ》いて顔を上げる。しかし辺りは闇一文字。誰《だれ》も、いない。

違《ちが》う。誰か、いる。気配は確かに近くに。

急に怖《こわ》くなって弓香は飛び退《の》き、慌《あわ》てて部屋の明かりを点けた。眩《まぶ》しい。

目が慣れた。辺りを見る。しかしやはり、誰もいない。

気のせい？ だが、弓香は信じられないものを目にした。

取り落としたスマホ。それがひとりでに持ち上がり、空中を伝って弓香の元にやって来る。ふわりと弓香の右手が持ち上げられ、その手の中にスマホを落とす。

弓香は慄然《りつぜん》としながらも、名を、呼んだ。

「……アキラ?」

頭が混乱する。目の前に晃はいるのか? どうして視《み》えない? 晃は、晃はどこ?

カラン。スマホが落ちる。弓香は頭を抱えて絶叫《ぜっきょう》した。その体を、ふわりと空気が包む。

震《ふる》える体は空気によって抱き支えられていた。この空気が晃だと、強制的に思うようになれるまで、かなりの時間を要した。

晃は死んでしまったのか？　死んで、幽霊《ゆうれい》としてここに帰って来てくれたのか？

空気は弓香をふわふわとベッドに座らせた。弓香は自分の体を抱き、泣き震え続ける。

どのくらい経っただろうか？　弓香の前にスマホが浮《う》いていた。いつの間にか充電したらしい。画面が生きかえっている。メール画面。文字が順を追って色を変え、言葉が打ち出される。

「僕は死んでない。透明《とうめい》にされた」

意味がわからない。弓香は目の前の空気に目で問う。再び文字が打たれる。

「見知らぬ老人に話しかけられ、気がついたら自分の体が見えなくなっていた」

「どうして……どうしてよ！」

弓香は発作のように跳《と》び立ち、空気に摑《つか》みかかった。誰もいないのに、綿のような感触が確かにあった。

弓香は、再度絶望した。


その後空気は、服を着てみせた。服だけが人の形で浮いているさまは、あまりにも奇妙《きみよう》だった。それから、お湯を沸《わ》かし、コーヒーを二つ、淹《い》れてみせた。弓香の前にカップが置かれ、スプーンがコーヒーの中でクルクルと回った。コーヒーを一口啜《すす》り、ようやく弓香は落ち着いた声を出せた。

「ありがとう」

今は、このリアルを受け入れるしかない。そうでなければ、晃はもういないという結論になってしまうから。

唇《くちびる》にほんのり温かい感触を感じた。キスだとわかった。ゆっくりと衣服は脱《ぬ》がされ、弓香は空気に抱かれた。誰もいないのに、弓香は感じた。確かに行為《こうい》は行われ、弓香は空気を抱いて果てた。

休暇《きゅうか》届を出してくれとメール画面で伝えられて、弓香は晃の職場に事情を伝えた。あまりに急だと問い詰《つ》められたが、私も詳《くわ》しいことは聞かされていないと逃《に》げた。

晃が幽霊でない証拠《しょうこ》に、晃は弓香と食事もしたし、入浴やトイレにも行った。体内に入った物は同じく透明になるとメール画面に書かれて、弓香は納得しながら、目の前でフォークで持ち上げられスルスルと消えていくスパゲティを不思議そうに見つめた。そして夜は、見えない体に抱かれた。


「アキラ。見つけたよ」

スマホの画面を見つめ、弓香は空気に向かって言った。弓香は探し続けていた。晃を元に戻《もど》す方法を。そしてようやく、一つの情報を摑《つか》み出した。

あれから四ヶ月。弓香の生理は、止まっていた。妊娠《にんしん》したとわかった。母になると決めた今、父親が目に視えないままではいけない。弓香は必死で怪《あや》しいサイトを渡《わた》り歩いた。

百薬草。

アワダチアオイの根を燻《いぶ》して作られる煙《けむり》によって透明にされた者を戻す薬草。神立岬《かんだちみさき》の突端《とったん》に、九月の満月の夜にだけ咲《さ》くこの花の蜜《みつ》を舐《な》めるだけで、アワダチアオイの透明魔呪《まじゅ》はたちどころに解ける。

但《ただ》し、花は赤と青があり、いずれかは猛毒《もうどく》となって、一滴《いってき》で象十頭を死に至らしめる。どちらが薬となり毒となるかは判別できない。

こんな怪しい話、信じるに値しない。でも、他に手立てはない。だいいち、人が実際に透明になってるんだ。今さら信じるも信じないもないだろう。

九月十四日、満月。二人は、神立岬に車を走らせた。

気は急いていたのに、赤信号にたびたび捕《つか》まり、先が案じられた。晃はどういうわけか話すこともできない。運転中、弓香はずっと窓の外を見ていた。音楽さえ、気に障った。

途中《とちゅう》、コンビニで休憩《きゅうけい》した。コーヒーを二つ買って出ようとすると、体の大きな男とぶつかった。

「きゃ!」

危なくコーヒーを落とすところだった。男はアロハのシャツから毛深い腕《うで》を出し、もっさりした口髭《くちひげ》を蓄《たくわ》えていた。サングラスの目で弓香を一瞥《いちべつ》すると、

「ったく危ねえなあお嬢《じょう》ちゃん」

とだけ言ってコンビニを出て行ってしまった。被害《ひがい》を受けたのは弓香である。ぶつかった時に、男が飲んでいた野菜ジュースがストローから噴《ふ》き出して弓香のブラウスを汚《よご》してしまったのである。

運転席にコーヒーを差し出す。コーヒーカップは浮いて斜《なな》めになる。何度見ても、不思議な光景だ。

まずい。曇《くも》って来た。急ごう。車は再び、岬へ。

晴れているのに、岬の上を吹《ふ》く風は強かった。歩いて歩いて、突端に着く。波が崖下《がけした》から脅《おど》す。名も知らぬ植物達が、騒《ざわ》めく。


四つん這《ば》いになり、崖から首を突き出す。満月の明かり。

花が、咲いていた。

赤い花、青い花。一つの株から咲いている。どちらかが薬で、どちらかが、死。

手を伸《の》ばす。もう少しなのに、届かない。弓香は思い出す。説明文。

百薬草は一人で採取することは難しい。二人、それも愛し合う二人が力を合わせることによって、採取出来る。まさに、呪《のろい》を解く愛の力である。

愛し合う二人。なら、今の私と晃なら。

「アキラ、私の手を握《にぎ》ってて」

透明化された晃の握力では、花の採取も難しいだろう。だから、弓香が採る。弓香は左手を伸ばし、右手を反対側の、崖に咲く花に思い切り伸ばした。

弓香の手を握っているであろう晃の力は頼りなく、弱い。透明化によって力も奪《うば》われているらしい。それでも、この花を手に入れないわけには行かない。花は、すぐそこ。

パラパラと小石が崖下の波に落ちて行く。飲み込《こ》んでやるぞと、波は凶暴《きょうぼう》な舌を出す。中指が、茎《くき》に、触れた。もう少し。採れる。どっち？　赤？　青？

またパラパラと小石が落ちて、弓香の体は滑《すべ》り落ちる寸前だ。迷っている暇はない。

満月の明かりが、弓香のブラウスの汚れを映し出す。コンビニで引っ掛《か》けられた、野菜ジュース。その色は。

弓香は、青い花を摑み採った。

落ちると思った。だが左手が思い切りの力で引っ張られ、弓香はどうにか助かった。

「ありがとう、アキラ。早く、この花の蜜を」

しかし、青い花が正解であるという保証はない。もしかしたら、蜜を舐めた瞬間《しゅんかん》、晃は本当にこの世からいなくなってしまうかも知れない。

でも。でも。花はゆっくり、空中にぶら下げられる。花びらがつぶされて行く。

「アキラ！　やっぱりやめて！」

弓香は花を叩《たた》き落とした。けれど、遅《おそ》かった。

空気は、ゆっくりと。

その頃《ころ》、晃の実家に一本の電話がかかって来た。

「夜分すいません。こちら中央署ですが、藤咲峠《ふじさきとうげ》山中から男性の白骨遺体が見つかりまして、それが持ち物などから早見《はやみ》晃さんではないかと思われますので、身元確認においでいただきたいのですが。ああそれと、遺体は頭蓋骨《ずがいこつ》の損傷が激しく、これは事故ではなく、何かで執拗《しつよう》に殴《なぐ》られたためと思われますので、晃さんに激しい恨《うら》みを持つ方など心当たりがないか、今一度お尋《たず》ねしたいのですが」

ゆっくりと、空気は姿を現し始めた。
弓香の顔は、次第に恐怖《きょうふ》に歪《ゆが》み始めた。

どうして、
どうしてあなたなの？

私を諦《あきら》めたはずのストーカー。
ストーカーは、口を開いた。

「愛してるよ、
弓香ちゃん」

本書は、小説投稿サイト「エブリスタ」が主催する短編小説賞「三行から参加できる　超・妄想コンテスト」入賞作品から、さらに選りすぐりのものを集め、大幅な編集を施したものです。

本書の内容に関してお気づきの点があれば編集部までお知らせください。info@kawade.co.jp

5分《ふん》後《ご》に後《あと》味《あじ》の悪《わる》いラスト

2017年7月30日　初版発行
2018年5月30日　5刷発行

［編　者］エブリスタ
［発行者］小野寺優
［発行所］株式会社河出書房新社
〒一五一－〇〇五一　東京都渋谷区千駄ヶ谷二－三二－二
☎〇三－三四〇四－一二〇一（営業）　〇三－三四〇四－八六一一（編集）
http://www.kawade.co.jp/

［デザイン］BALCOLONY.
［組　版］一企画
［印刷・製本］中央精版印刷株式会社

ISBN978-4-309-61215-7　Printed in Japan

エブリスタ

国内最大級の小説投稿サイト。

小説を書きたい人と読みたい人が出会うプラットフォームとして、これまで200万点以上の作品を配信する。大手出版社との協業による文芸賞の開催など、ジャンルを問わず多くの新人作家の発掘・プロデュースをおこなっている。

http://estar.jp

「5分シリーズ　刊行にあたって」

今の時代、私たちはみんな忙しい。
動画UPして、SNSに投稿して、
友達みんなに返信して、ニュースの更新チェックして。

そんな細切れの時間の中でも、
たまにはガツンと魂を揺さぶられたいんだ。

5分でも大丈夫。
短い時間でも、人生変わっちゃうぐらい心を動かす、
そんなチカラが小説にはある。

「5分シリーズ」は、
5分で心を動かす超短編小説を
テーマごとに集めたシリーズです。
あなたのココロに、5分間のきらめきを。

エブリスタ×河出書房新社

5分後に涙のラスト

感動するのに、時間はいらない——
過去アプリで運命に逆らう「不変のディザイア」ほか、最高の感動体験8作収録。

ISBN978-4-309-61211-9

5分後に驚愕《きょうがく》のどんでん返し

こんな結末、絶対予想できない——
超能力を持つ男の顚末を描く「私は能力者」ほか、衝撃の体験11作収録。

ISBN978-4-309-61212-6

5分後に戦慄《せんりつ》のラスト

読み終わったら、人間が怖くなった——
隙間を覗かずにはいられない男を描く「隙間」ほか、怒濤の恐怖体験11作収録。

ISBN978-4-309-61213-3